恐怖箱

厭獄《えんごく》

つくね乱蔵

竹書房文庫

※本書に登場する人物名は、様々な事情を考慮してすべて仮名にしてあります。また、作中に登場する体験者の記憶と体験当時の世相を鑑み、極力当時の様相を再現するよう心がけています。現代においては若干耳慣れない言葉・表記が登場する場合がありますが、これらは差別・侮蔑を意図する考えに基づくものではありません。

装画／芳賀沼さら『私が幽霊みたい』

まえがき

四度目の厭

今年もそろそろ終わろうとしている。

振り返ると、暗いニュースが多い年であった。

大雪、台風、地震などの天災で被害に遭われた方も多い。

街を歩いているだけで、或いは電車に乗っているだけでも危険は向こうからやってくる。

偶然、そこにいたというだけで、とんでもない事態に巻き込まれてしまう。

幸運は滅多に訪れないが、不幸は気軽にやってくる。

誰も逃れることはできない。しかも不幸は何の努力も資格も必要としない。

ただ待っていれば良い。

老若男女や貧富に拘わらず、死という最大の不幸は公平に与えられる。

そういうようなことばかり考えてしまう一年であった。

さて、今回は久しぶりに厭という字を使った。厭シリーズは三作で終わるはずであった。

今になって何故、復活させたのかというと——。

前作『恐怖箱 万霊塔《ばんりょうとう》』を書き終えた翌日から、既に取材は始めている。

新旧取り混ぜた友人、バイトしていた頃の知人、直接あるいは間接的に相談を受けた相手などから、様々な話を聞いてくる。

有り難いことに、わざわざ連絡を取って会いに来てくださる人も多い。

常日頃、人間の裏側を露わにする陰鬱《いんうつ》な怪談ばかり書いているせいか、本人自身も陰鬱な男と思われているらしい。

実際のつくね乱蔵は、人あたりが良く、笑顔が素敵な紳士なのだが。

冗談はさておき、今回そうやって集めたネタは、とびきり陰鬱なものが多かった。

因果応報で不幸になるならまだしも、思い当たる節が全くないという人もいる。

正にそれこそが、気軽にやってくる不幸なのだ。

そのような話を集め、自分流の怪談のフォーマットに当てはめ、構築していくという作業は、様々な不幸と対峙するということである。

連日連夜、脳内に不幸を詰めこんで生きていると、間違いなく煮詰まる。

気晴らしにテレビを点けてみると、通り魔の事件が飛び込んできたりする。

暗いニュースばかりではないのだが、明るく朗らかな芸能人や著名人も、所詮いつかは皆死ぬのだ。

などという危険な思想と手を繋いで書く。煮詰まる。テレビを点ける。
お前ら全員死ぬんだ。煮詰まる。永遠の繰り返しである。
そんな思いで書き上げた本のタイトルに、厭という文字を使わないほうがおかしい。
というわけで、今回は厭獄である。

この本を手に取ってくださった方。つくね乱蔵という作家を選んでくださった方。
あなたは今から厭な世界に迷い込んでしまいます。
読み終えても、それが出口ではありません。
むしろそこからが本格的な厭の世界です。
よろしいですか。
ではどうぞ。

目次

眠れぬ思い

半年前、文江さんは離婚した。

最終的な決め手になったのは、暁美という女である。暁美はパートとして、夫の職場に勤めていた。

社員旅行の写真で見たのが最初である。暁美は、常に夫のすぐ側で微笑んでいた。

理由は分からないが、それを見たときに夫はこの女と浮気すると予想できたという。

その予想は見事に当たり、夫は暁美と密会を続けた。浮気が判明したとき、全く悔しくなかった。

その時点で、暁美は夫の子供を既に妊娠していたと知り、怒りよりも嫌悪のほうが勝ったそうだ。


アパートに引っ越し、いよいよ新しい人生の門出である。一人娘の麻衣子ちゃんに苦労はさせない。その思いを支えに文江さんは仕事に向かった。

実家の母がしばらくの間、同居してくれるのが何よりも有り難かった。

慣れない作業に疲れた頃、携帯電話が鳴った。母からである。

麻衣子ちゃんが事故に遭ったという。幸いにも大きな怪我ではないが、念の為に病院に行くとのことであった。

パートとして働き始め、まだ二週間である。早退は言いだし難いが、躊躇《ためら》っている場合ではない。

病院では母が泣きそうな顔で待っていた。麻衣子ちゃんは既に治療を終えたらしく、右腕に包帯が巻かれている。

文江さんが近づくと、麻衣子ちゃんは嬉しそうに駆け寄ってきた。

一安心といったところだが、言うべき点は言っておかねばならない。文江さんは、敢えて厳しい顔で麻衣子ちゃんに事情を訊いた。

麻衣子ちゃんは口をとがらせて答えた。

「おばちゃんがいっしょに渡ろって言ったの」

そのおばちゃんに手を引かれて道路に出た瞬間、自転車とぶつかったのだという。

母が言うには、相手の自転車はそのまま逃げたとのことで、つい先程まで警察が事情を訊きに来ていたらしい。

むしろ気になるのは、手を引いた女である。麻衣子ちゃんが起き上がったとき、何処にもいなかったそうだ。

適当な判断で子供に怪我をさせたにも拘わらず、助けもせずに立ち去るとはどういうことか。

苛立つ文江さんをより一層苛立たせることが起きた。夫からの電話である。夫は、いきなり質問してきた。

「麻衣子、自転車とぶつからなかったか」

何故知っているのか。母が知らせるはずがない。考え込んだ文江さんは返事が遅れた。

「ああ、やっぱりか」

「何処で聞いたんですか」

今度は夫が沈黙する番であった。しばらくして夫は、信じ難いことを話しだした。

「暁美がやった。正確には、暁美の生霊だ」

文江さんは呆れるしかなかった。その気持ちを知ってか知らずか、夫は一方的に話を続けた。暁美が言うには、自分ではどうにもならないらしい。いつの間にか麻衣子の側に立っていた。

自転車とぶつかったところまでは覚えている。気が付くと部屋に戻っていた。

「でも、そんなことができるわけがないんだよ。あいつ、切迫流産で入院中なんだ」

絶対安静の状態であり、歩くことすらできないという。

事実かどうか知れたものではない。ハッキリとそう伝えると、夫はとある病院の名前を挙げた。

そこまで言い張るからには事実だろうが、生霊どうこうは信じられるわけがない。

夫は、麻衣子ちゃんにお札か何かを持たせてほしいという。

念の為、帰宅した文江さんは、社員旅行の写真を麻衣子ちゃんに見せた。手を引いたおばちゃんはこの中にいるかと訊ねる。

麻衣子ちゃんは暁美を指差して「この人」と答えた。

文江さんは夫と会うことに決めた。僅かながら気になったのは確かであった。


二日後、文江さんが病院を訪ねると、既に夫が待ち構えていた。

特に会話を交わすこともなく、病室へ向かう。

ベッドに横たわっていた暁美は、ゆっくりと身体を起こした。化粧をしていないせいか、以前見たときよりも老けて見えた。

暁美は頭を下げ、涙声で詫び始めた。

信じてくれないとは思うが、自分の生霊が麻衣子ちゃんを欲しがっている。今朝もあなたの家に行っている。

麻衣子ちゃんは今朝、イチゴジャムを塗った食パンとリンゴを少し食べた。お洋服はクマさんの絵のスカートと、白のブラウス。

あなたの左頬にキスをして小学校に向かった。

何とかして生霊を止めたいのだが、眠ると出てくるから自分ではどうにもできない。

生霊は麻衣子ちゃんが欲しくて欲しくてたまらないいんだと思う。

本当に勝手なお願いとは思うけれど、どうかしっかり守ってあげてほしい。

そう言って暁美は夫が止めるのを振り払い、ベッドから降りて土下座をした。

何だか相手が哀れに思えてきた文江さんは、分かりましたとだけ言い残し、病院を後にした。

このときになっても、文江さんはまだ信用できなかった。何かしらの方法で我が家の様子を探っているのではないかと思っていた。

翌朝、麻衣子ちゃんを起こそうと部屋に入った文江さんは、言葉を失って立ちすくんだ。

麻衣子ちゃんのベッドを見下ろす暁美がいた。暁美は麻衣子ちゃんの寝顔を凝視しながら、徐々に消えていった。

ようやく事の重大さに気付いた文江さんは、母と手分けして、効果があると言われるお札を集めて回った。

霊から身を守る方法を調べ、ありとあらゆる手を打った。そのおかげか、翌日、翌々日と何もない日が続いた。

三日後の朝、又しても夫から電話が入った。今にも泣きだしそうな声である。

自宅に帰ってからずっと、暁美は眠るのを拒否しているという。無理矢理寝かせようとしても、眠ると何かしてしまうからと言って抗う。

暁美は死ぬと思う。死んだらもう大丈夫だから。今まで迷惑を掛けて済まなかった。

そう言って夫は電話を切った。

折り返して掛けようとしたが、既に着信拒否になっていた。


夫は間違っていた。

確かに暁美は死んだと思われる。生霊は来なくなった。

が、死んで自由になった暁美は、遠慮なく麻衣子ちゃんにまとわりつくようになった。

余程強い想いがあるのか、用意したお札は何の効果もない。

望むものを手に入れるまでは消えそうにない。

今はただ、夫がしっかりと供養してくれるのを願うだけだという。

新しい家族

二年前に夫を亡くした甲本さんに、結婚を申し込む男性が現れた。

相手は中田利伸さん、勤め先の上司である。甲本さんと同じく、再婚だ。

甲本さんは二つ返事で了承した。

人柄の良さと安定した将来性が決め手であった。

勿論、そこに愛はあるが、真っ先に考えるべきは一人娘の明日香ちゃんの将来だ。

再来年、明日香ちゃんは小学校を卒業する。なるべくなら、多感な青春期を迎える前に新しい家庭を築きたい。

とはいえ、本人が新しい父親を受け入れてこその話だ。

甲本さんは、とある休日を選んで明日香ちゃんを遊園地に誘った。

多少なりと気持ちを和らげようと考えたのだが、意外にも明日香ちゃんは即座に拒否した。

以前から、事ある毎に行きたいと願っていた遊園地である。

理由を聞いて甲本さんは言葉を失った。

怖いおじさんが来るからというのである。

この時点では遊園地に行くとしか言っていない。中田さんに会わせるどころか、その存在すら知らないはずだ。

それなのに明日香ちゃんは怖いおじさんが来ると断言した。

とにかくこれでは話が進まない。思案した挙句、甲本さんは包み隠さずに打ち明けることにした。

「あのね、遊園地で明日香に見てほしい人がいるの。母さんはその人と結婚しようと思う。とても優しいし、素敵な人。全然怖くないよ。明日香もきっと好きになれる」

明日香ちゃんは母親の顔を見つめ、黙ったまま身じろぎもしない。

甲本さんはスマートフォンを取り出し、中田さんの画像を表示した。

「ほら、この人だよ。優しそうでしょ」

画像を見た瞬間、明日香ちゃんが悲鳴を上げて離れた。

畳に突っ伏したまま、怖い怖いと譫言《うわごと》のように繰り返している。

甲本さんは、ようやく明日香ちゃんを落ち着かせ、何が怖いのか訊いてみた。

明日香ちゃんは時折しゃくりあげながら言った。

この人が半年ほど前から夢に現れる。

現れて何かするわけではない。何処か知らない部屋で、テレビを見たり食事をしたりするだけだ。

夢の中で明日香ちゃんは、その部屋の片隅にいるらしい。

確かに不思議な夢には違いないが、怖いかどうかは微妙である。

甲本さんは、その思いを口にした。正直、自分が好きになった男性を擁護したい気もある。

明日香ちゃんは即座に反論してきた。

「この人が怖いんじゃなくて、この人といっしょにいる変なのが怖い」

頑張っているお母さんを心配させたくなくて、今まで黙っていたのだという。

今度は甲本さんが黙り込み、そこから先の話が進められなかった。


行き詰まった甲本さんは思い切って中田さんに相談を持ち掛けた。

おかしいのは分かっていると前置きし、明日香ちゃんの夢を話した。

意外にも中田さんは、身を乗り出して聞いている。

それどころか、心当たりがあるとまで言いだした。

「多分、前の妻だと思う」

死因は癌であった。中田さんを含めた親族が必死に看病し、妻自身も努力したのだが、病魔は若い命を奪っていった。

「あなたをずっと見守るから」

それが妻の最後の言葉だという。

明日香ちゃんが怖がっているのは、僕の側にいる妻ではないか。

中田さんは涙声でそう言った。

事情を知った甲本さんは、覚悟を決めた。ならば、新しい家庭を築いて幸せになれば良い。その姿を見れば、奥様も成仏されるに違いない。

帰宅した甲本さんは明日香ちゃんを呼び寄せ、話し始めた。

中田さんと一緒にいるのは奥さんだった人で、少しも怖くない。中田さんを心配しているから離れられないの。

だから、怖がることはないよ。

「お母さんといっしょに、天国へ行ってくださいってお願いしてほしいの」

しばらく迷っていた明日香ちゃんは、笑顔で言った。

「分かった。わたし、がんばってみる」

その週の日曜日、甲本さんは明日香ちゃんとともに中田さんを出迎えた。

明日香ちゃんは震える足で中田さんの前に立ち、きちんと挨拶をした。

既に視線は、中田さんの背後に向けられている。

「明日香。見える？」

明日香ちゃんは小さく頷き、人差し指を中田さんの背後に向けた。

「ねえ、お母さん。どの人にお願いするの？」

どの人にお願いするの。

どの人にとは、どういうことか。

訊かれた明日香ちゃんは、母親にそっと囁《ささや》いた。


七人いるよ。

早く探して

平成になって間もない頃の話である。

皆川家の長男である敏文さんは、山歩きが大好きであった。

常に単独行動である。家族としては心配でならなかったが、敏文さんには万全の用意と頑強な肉体があった。

少しハードな散歩のようなものだと笑って出かけ、毎回無事に帰ってきた。

それは敏文さんが大学を卒業して間もない頃。

就職先の新人研修まで、二週間ほど自由な期間がある。敏文さんは、それを利用して山歩きに向かった。

皆川さんは半ば呆れながら、それでも笑って見送った。

七日間の予定だったが、敏文さんは帰ってこなかった。今とは違い、携帯電話などない時代である。

皆川さんは、迷うことなく警察に捜索を依頼した。

警察は、一応動いてくれたようである。だが、敏文さんの行方は杳《よう》として知れなかった。

何処行きの切符を買ったか、駅に行って訊いてみたのだが、役に立つような情報は得られなかった。

皆川さんは専門の業者にも頼み、徹底的に敏文さんを捜した。

一カ月が経ち、それでも敏文さんは見つからなかった。

皆川さんは自らを呪ったという。あのとき、いつもと同じように考え、行き先すら聞かなかったのである。

家族全員が何らかの形で悔やみ、悲しんでいた。


そんな中、皆川さんは敏文さんの夢を見た。

敏文さんは、何処とも知れない洞窟の中をふらふらと歩いていた。

手作りらしい松明を掲げ、必死の形相だ。

皆川さんは思わず大声を上げた。その声で目が覚めた。ふと気が付くと、隣で眠っていた妻が泣いている。

娘も泣きながら寝室に入ってきた。驚いたことに、二人とも同じ夢を見たという。

夢で終わらせるには、あまりにも鮮烈な光景であった。

間違いなくこれは、敏文さんからの知らせである。

敏文はまだ生きている。何処かの洞窟に迷い込んでしまったのだ。

その洞窟を探せば良いだけの話だ。

でも、どうやって。

次の夜も、その次の夜も家族全員が敏文さんの夢を見た。

声は聞こえないが、助けてくれと言っているのが分かった。

妻も娘も、寝るのを嫌がった。敏文さんの夢を見るからだ。

皆川さんも同じ気持ちだったが、敢えてしっかりと眠った。

少しでも情報が欲しかったからである。だが、既に松明は消え、僅かな気配を感じるだけだ。

その気配も十日目から消えた。


三十年経った今でも、皆川さんは時々敏文さんの夢を見るという。

夢の中で敏文さんは、最後に見たときと同じ姿でひたすら謝っている。

嫁ぎ先の娘は分からないが、妻も同じ夢を見ているのは間違いない。

目覚める度、泣きながら仏壇に向かうからだ。

母は強し

戸川さんの知り合いに金岡という男がいる。同じ町に住み、小・中学校までともに通った仲だ。

そこから先の人生は知らないが、一時期は上京していたと聞く。

何年か前に帰省してから、実家で暮らし始めた。

いたって粗暴な男で、聞こえてくるのは悪い噂ばかりだ。

酒に酔って暴れていただの、コンビニの店員に罵声を浴びせていただの、一つ一つは何とも情けない話なのだ。

要するに己の感情をコントロールできないだけである。だが、金岡は自分がこうなるのは、世間が悪いのだと言い張っていた。

自分が貧乏なのも、女にもてないのも、仕事をすぐクビになるのも、全て世間のせい。

会う人ごとに、そうやって愚痴る。聞かされるほうはたまったものではない。

見かねた戸川さんは、一度だけ忠告したそうだが、金岡は返事もせずに睨み返してきたという。

そんな日々を送る男である。当然のことながら、まともな人間は離れていく。

戸川さんも遠巻きにして見守っていた。観察していたというほうが正解かもしれない。

ところが面白いことに、近づいてくる者もいるのだ。類は友を呼ぶとはこのことだな、と戸川さんは感心した。

金岡の家は、そういった連中の溜まり場に変わった。父親はとっくの昔に死んだが、年老いた母親がいるはずだ。

どうしているのか心配ではあるが、わざわざ訪ねる者はいなかった。

それどころか、あんな馬鹿息子にしたのは母親の責任だと罵る声のほうが多いぐらいである。

戸川さんも最初は無視していたのだが、そうもいかなくなってきた。

若い女性が金岡家の前を通る度、卑猥な言葉を投げつけられ、中には連れ込まれそうになったという者まで現れたのだ。

戸川さんにも大切にしている娘がいる。他人事ではない。

警察に相談したのだが、注意以上のことはできないと言われ、戸川さんは勇気を振り絞って乗り込んだ。

同級生だったというのが、ただ一つの救いである。とりあえず、金岡は穏やかな態度で戸川さんを招き入れてくれた。

まずは母親のことを訊こうと決めてある。実際、町内の老人会から安否確認は頼まれていたのである。

案内された居間では、人相の悪い連中がテレビゲームの真っ最中だった。戸川さんを床に座らせ、金岡はゆったりとソファーに腰を下ろした。

大音量のゲームとそれを上回る騒ぎ声の中、戸川さんは話を切り出した。

「今度、老人会で旅行を企画しているそうなんだけど、お母さんは出席」

最後まで言い終える前に、金岡は戸川さんを片手で制し、笑顔を見せた。

「できない。おふくろ、身体弱いから旅行なんて無理だし」

金岡がそう答えた瞬間、ソファーの後ろに母親が立った。入室の際、ソファーの裏側が見えたのだが、その時点では誰もいなかった。

室内にあるのはソファーとテレビとガラスのテーブルだけだ。何処にも隠れ場所はない。

母親を見つめていた戸川さんに、金岡が低い声で言った。

「おまえ、さっきから何見てんだよ」

いや、あんたの母親が、と言いかけて戸川さんは口を開いたまま固まってしまった。

母親が細い指で金岡の首を絞めようとしている。

金岡自身はそれに全く気付いていない。

ゲームをやっていた連中が、金岡の怒声で立ち上がって近づいてきた。そいつらも母親を止めようとしない。

見えていないのは確実であった。

「いや、大きなゴキブリがいたんだよ」

そう誤魔化し、戸川さんは退散することにした。部屋を出るときに、ちらりと振り返ってみた。

依然として母親は息子の首を絞めていた。

その姿を見たとき、戸川さんはこの家に関わるのは止めようと決めた。

それからしばらくの間、金岡家は地域住民の癌として存在し続けた。右隣の家族は引っ越し、左隣の老人は長期の入院を余儀なくされた。

いよいよ悪の巣窟になるかと思われた金岡家だったが、予想に反して徐々に勢いが失せてきた。

金岡が頻繁に救急搬送されるようになったのである。

最初のうちは、仲間も心配して同行していた。搬送先は、左隣の老人が入院している病院だったため、当時の様子が伝わってきた。

仲間は病院でも傍若無人に振る舞い、警察沙汰にまでなったらしい。

入院することもなく金岡は家に戻ったが、それからも急病は続いた。仲間も飽きたのか、同行しようともしなくなった。

戸川さんも一度、搬送される現場を見たことがある。

ストレッチャーに乗せられた金岡の上に母親がまたがり、首を絞めていた。

戸川さんは胸の中で、母親に声援を送った。

ここ最近、金岡家は静かな状態が続いている。人の出入りもすっかり途絶えた。

時折、金岡が母親を首からぶら下げ、よたよたと買い物に出かけるぐらいである。

満員怨霊

将志さんの祖母、繁子さんが亡くなったときのこと。

両親を手伝い、繁子さんの遺品を整理していた将志さんは、奇妙な物を見つけた。

巫女が持つような鈴、水晶珠、束になったお札。用途が分からない道具も沢山出てきた。

父が言うには、繁子さんは個人で神社を持っていたそうだ。そういった血筋らしく、曾祖父も神主だったという。

とは言っても、本格的な神社ではない。あるのは自宅を改築した小さな本殿と、手作りの鳥居だけだ。

小さいとはいえ、どう見ても神社そのものだが、そうなると色々面倒な手続きが必要になってくる。

そのせいか、繁子さんは神社みたいな家にしたかっただけだと主張した。

当然のごとく、おみくじやお守りの販売はしなかった。

その代わりとして、繁子さんが行っていたのは人生相談である。何かしらの悩みを抱えて訪れた人に、それらしき助言を与え、指針を示す。

悩みを聞いてもらった人たちは、いくばくかの寄付を置いていく。謝礼ではなく、あくまでも寄付である。寄付金の額が多ければ、護符やお札を記念品として渡していた。

繁子さんは霊能力者としての資質に恵まれていたようで、感謝されることが多々あった。護符やお札の効き目も抜群だったという。

財を蓄えた繁子さんは、将志さんが生まれた年に引退した。

それからは悠々自適の人生を送っていたのである。

鈴や水晶珠は、その当時の名残であった。将志さんは、手にした水晶珠を覗いてみた。当然、何も見えない。水晶は水晶のままだ。急速に興味を失い、繁子さんの道具は将志さんの記憶から消えた。

その存在を思い出したのは、将志さんが大学生になってからだ。

将志さんには、三谷という友人がいた。二回生になって間もなく、三谷は親元を離れ、仲間とともに一軒家を借りた。

所謂《いわゆる》シェアハウスである。自由気ままな生活に憧れて借りたのだが、この家に厄介な問題が生じた。

暮らし始めた当初は何事もなかったのだが、とある夏の台風以降、頻繁に霊を見かけるようになったのだ。

特に何かされるわけではない。ただ単に二階を通り過ぎていくだけである。東側の壁から入ってきて、部屋を二つすり抜け、西の壁から出ていく。

多いときには、一時間に十体以上が通り抜ける。

眠っていれば分からない程度である。現に三谷の同居者は気にせず眠りに就くという。

とはいうものの、いきなり出てこられるのは心臓に悪い。三谷は困り果てていた。

話を聞いた将志さんは、すぐに繁子さんの遺品を思い出した。

あれを使えば何とかなるのでは。ダメ元でやってみる価値はある。

今すぐ帰って持ってくれれば、午後のゼミには間に合う。

将志さんは昼食もそこそこに帰宅し、ありったけの道具を持ち出した。改めて見ると、何とも心強く感じる。

三谷は、飛び上がらんばかりに喜んで受け取った。

将志さんはゼミに出席しなくてはならないため、成果を聞くのは後日となった。

その日の真夜中、三谷から連絡が入った。

酷く焦った様子で、今すぐ来てほしいという。

何か嫌な予感が働いた将志さんは、取るものもとりあえず三谷の家に向かった。

家の前には、既に三谷が待っていた。酷く青ざめた顔だ。

「あれな、効果抜群過ぎる」

開口一番、三谷はそう言った。道具を持ち帰った三谷は、家中に仕掛けていったらしい。

「とりあえず、通り道にお札を貼った。凄いんだよ、そこから先に進めないんだ」

そこまでは良かった。問題はそこからだ。三谷は何を思ったか、お札を西側に貼ってしまったのだ。

要するに出口を塞いだのである。出られなくなった霊は、来た道を戻ろうとせず、何とかして出ようとする。

次から次へと入ってきては、西側の部屋で詰まっていく。

過ちに気付いた三谷は、お札を剥がしに西の部屋に向かった。

「無理なんだ。何というか、部屋中にゼリーが詰まってる感じで。どうやっても中に入れない」

先を行く三谷に続き、二階へ上がった将志さんは絶句した。

西の部屋から人が溢れ出している。三谷にはゼリーとしか感じられないようだが、将志さんにはハッキリと見えた。

老若男女が一塊になり、刻々と姿を変えている。増殖するアメーバーのようであった。

「なあ、どうしよう。何とかしないと、あの部屋に俊也が寝てるんだ。呼んでも起きないんだよ」

思い切って飛び込めば。いや、あの中に入るのは何としても嫌だ。くそっ、そもそも悪いのはこいつじゃないか。この家はこいつらが借りてるんだし。

結論が出た。

「ごめん、無理」

それだけを告げて将志さんは逃げ出した。

悲痛な声が呼び止めていたが、全力で無視したという。

その日以降、三谷は大学に来なくなった。家を引き払って親元に帰ったらしい。

西の部屋で寝ていた俊也なる人物がどうなったかは不明のままである。

踊る母

大島安祐美さんからいただいた話である。

大島家は、両親と安祐美さんの三人家族である。

父は、とある大企業で働いていたが、五十歳を迎えた年に脱サラを試みた。

退職金を全てつぎ込み、長年の夢であったパン屋を始めたという。

幸いにも良い物件が見つかった。駅から少し離れているが、以前は喫茶店とのことで厨房の広さは十分である。

高い天井のおかげで、店内もゆったりしている。

雰囲気の良さに立ち寄る客が多く、思いのほか順調な滑り出しであった。

けれど、喜んでいたのも束の間、僅か数カ月で売れ行きが悪くなってきた。駅前に新しくできたパン屋が原因である。

本格的に修行を積んできた青年が店長とのことで、豊富な種類とワンランク上の味が武器であった。

雰囲気だけしかない店が勝てるはずがなく、父は価格を下げることで対抗した。

一時は盛り返したものの、それは延命措置でしかない。

一日の売り上げが数千円というときもあった。

この頃から、母の様子がおかしくなってきた。

明るい人だったのが、終日黙ったまま過ごすこともある。

家事も店もやることはやるのだが、以前と違って粗い。

店の売り上げゼロの日が続いたのを切っ掛けに、母はとうとう壊れてしまった。

毎朝、店の真ん中で天井を見上げて踊るのだ。

何度止めても、母は起きるとすぐに店へ出て踊った。

ぽっかりと口を開け、あああああと力なく声を上げ、挙げた両手をゆらゆらと揺らす。暇さえあれば、それればかりやっている。

妙なおばさんがいつも踊っている店に、客が来るはずがない。

父の夢であった店は、こうして一年も経たずに潰れてしまった。

店を閉めても借金は残っている。父は金策に明け暮れ、家のことは放置して走り回った。

となると、母の面倒を看るのは安祐美さんだけである。延々と踊る母をぼんやりと見つめながら、安祐美さんは静かに疲れていった。

高校の卒業式の朝。例によって母の声が響き渡った。

安祐美さんは、穏やかに悪態を吐きながら店に向かった。

いつものように母が踊っている。それと、もう一人。父が首を吊っていた。

母は、あああと声を上げ、何とかして父を降ろそうとしている。それはいつも踊っている姿と同じであった。

父の首は異様に伸び、どう考えても死んでいるのは明らかだ。

「母さん、もうやめて。父さん、もう死んでるから」

安祐美さんが何を言っても無駄であった。

諦めようとしない母は、駆けつけた警察官によって引き剥がされた。

家を売り、ようやく借金を返済し終え、安祐美さんは母とともにアパート暮らしを始めた。

安祐美さんは合格していた大学を諦め、アルバイトをしながら母の看病を続けた。


ある日のこと。

いつものようにアルバイトを終え、帰宅すると母が踊っていた。

布団の上に立ち、挙げた両手をばたばたと激しく動かしている。あの日の父を思い出してしまう。

「母さん、何やってるの。ねえ、止めてよ。止めてってば」

一向に聞こうとしない。散々踊り狂った母は、ばたりと倒れ込んで眠ってしまった。

母を布団に寝かせ、居間に戻った安祐美さんの目の前に、父がいた。

父は首を吊ったときと同じ姿形で、ぶら下がっている。いつの間にか起きてきた母が、父にすがりついて踊りだした。

それから後も、母は踊った。

「ぶら下がってる父を降ろそうとしているんです」

掴めないのにね。

安祐美さんは、そう呟いて笑った。

浮く男

それは去年の秋のことだ。合田さんは、念願のマイホームを建てた。

新たに開発された宅地にひとめ惚れし、購入を決めたという。

その話を振ると、合田さんは待ってましたとばかりに画像を見せながら話してくれた。

合田さんが何より気に入ったのは、周辺の自然環境であった。

丘陵地帯の自然を活かして開発されたため、無理に削られたり、盛られたりする土地とは違う。

そういった、何処にでもあるような住宅地と違い、四季折々の自然が光と影を作り出す。

自然が大好きな合田さんにとって理想郷とも言える場所であった。

土地だけではない。家もまた、設計事務所と幾度も話し合い、練り上げた自信作だ。

終《つい》の棲家として申し分のないものができあがった。

ウッドデッキで珈琲を味わいながら、沈む夕陽が染める風景を眺めていると、日頃の疲れなど吹き飛んでしまう。

おかげで仕事にも身が入り、家族とも会話が増え、良いこと尽くめの毎日だという。

そんな素敵な毎日を送っているはずの合田さんだが、このところ何とも渋い表情が続いている。

声にも張りがなく、見るからに元気がない。何か悪い病気でも患っているのではないかと誰もが心配になった。

代表して一人が訊いたところ、合田さんは深い溜め息を吐いて理由を明かしてくれた。


先月初め、合田さんはお気に入りのウッドデッキで読書に耽《ふけ》っていた。

疲れた目を休めるため、遠くの緑を眺めようとして気付いた。

少し先にある雑木林に人がいる。三十分ほど前にデッキに出たときはいなかった。

顔つきまでは判別できないが、体型や髪型から察するに男だ。

じっと見ているうち、妙なことに気付いた。男が立っている位置がおかしい。

あの位置だと、宙に浮かんでいなければならない。脚立のような物に乗っているようには見えない。

気にはなるが、わざわざ確かめに行くのも面倒である。近くに見えても、徒歩だと往復で三十分は掛かる。

車を走らせるのも大袈裟だ。

雑木林に火でも点けるというなら話は別だが、とりあえずは立っているだけだ。

合田さんは男を無視して、再び読書に没頭した。

一時間ほど経ち、夕陽が辺りを赤く染め始めた。そろそろ部屋に戻ろうとして、合田さんは顔を上げた。

男は、相変わらず先程の場所にいた。


翌朝。カーテンを開けた合田さんは、思わず呻いてしまった。

あの男がいる。昨日と同じ場所に、同じ格好で立っている。明るい中だとハッキリ分かる。間違いなく、男は浮いている。

妻と娘を呼び、あれが見えるかと訊く。二人ともきょとんとした顔である。つまらない冗談だと叱られる始末だ。

見えているのは自分だけだと知った合田さんは、思い切って雑木林に向かった。

近づくにつれ、男の様子がよく分かってきた。やはり浮いている。何処にでもいるような中年男である。

顔も見えたのだが、まるで特徴がない。平凡過ぎて人に説明できない顔であった。

何とかしようと思ってここまで来たのだが、何もできないことに気付いてしまった。

何者なのか分からない。どうすれば消えるかも当然分からない。何処に相談すればいいかも見当が付かない。

とりあえず、今のところ男はそこにいるだけなのだ。こちらが何か行動を起こした結果、攻撃してくるかもしれない。

結論が出た。合田さんは自宅に戻り、男のことを忘れようと決めた。


ところがそうはいかなかった。

男はまるで風景の一部のように居続ける。窓を開けると、どうしたって目に入る。

お気に入りのウッドデッキに上がると、余計に見えてしまう。

カーテンを閉めていても気になる。自分でもどうかしてるとは思うが、無意識に窓ばかり見てしまう。

このカーテンの向こうにあいつが浮いている。ずっとこっちを見てる。俺を見てる。

そんなことばかり考えてしまう。だからといって、この家を手放せるわけがない。

無理をして組んだローンは、まだ十年以上も残っている。

というわけで今。

合田さんは家にいる間、雨戸を閉め切って雑木林側を遮断している。勿論、ウッドデッキには出られない。

そこまでやって、どうにか安心できるのだという。

妻も娘もそれが納得できないらしく、険悪な雰囲気が絶えない。

ついこの間は、娘が面と向かってこう言ったそうだ。

「そんなに嫌なら、この家から出てけばいいのに」

出ていかない

宮下さんは、自ら立ち上げた会社の開発部に所属している。

業績が上がり、新規採用も増え、事務所が手狭になってきた。

大阪市内の中心部に手頃なテナントビルを見つけ、ワンフロアーを借り切った。

今までの事務所とは比較にならないほど快適な環境だ。

交通の便も良く、社員たちは元気良く出社してくる。

高額な賃貸料を支払う価値がある日々であった。

ところが二週間を過ぎた頃から、体調不良を訴える者が増えてきた。

何となく気持ちが優れないだとか、頭が重い、肩が凝るなどという曖昧な症状ばかりである。

何人かは病院に行ったのだが、全員が健康そのものという診断結果であった。

にも拘わらず、長期休暇に至る者まで現れる始末である。

宮下さんは、内装に危険な建材を使用したのではと思いついた。

賃貸会社を通してビルのオーナーに確認してもらったが、そういった素材は一切使っていないという。

だとしたら、次に考えられるのは空調である。宮下さんの会社は大量のパソコンを使用しており、できる限りの埃を避けるため、高い気密性を維持してある。

その分、空調関連は十分に配慮した。その機能が上手く働いていないのではないか。

試しに排気口を確認してみると、聞こえてくる音に確かな差がある。

早速、賃貸会社に頼んで空調を調べてもらうことにした。

調査にきた作業員は、排気量と二酸化炭素を計測し始めた。

結論として、空調関連は順調であり、室内は基準値を大きく下回っていた。

音の差は、ただ単にフィルターの違いから来るものであった。

いよいよ原因が分からない。

さて、どうしたものかと悩みながら迎えた月曜日の朝。

新田という女子社員の様子がおかしくなった。肩を震わせて泣きながら仕事をしているのだ。

慌てた宮下さんは、立ち上がって新田に近づいた。

新田は、机に置いたメモに何か書き込んでいる。

でていけ　たすけて　でていけ　たすけて。

そればかりを延々と繰り返す。

あまりにも力を入れたため、メモ用紙が破け、ボールペンが折れた。

周りが騒然とする中、新田は机に上がり、天井を殴ろうとした。

そのままでは届かないのだが、飛び上がっては殴り付ける。

白い天井に血の跡が付く。とうとう力尽きた新田は机の上で座り込み、気を失った。

病院に連れていくべきか迷っているうちに、事態は刻々と進行していった。

新田と机を並べていた吉川がメモに書き込み始めている。

その隣の坂井も、後ろの席の大澤も。

全員が、同じ内容を書き殴っている。

宮下さんは他の社員と力を合わせ、四人を休憩室に連れていった。

しばらく休ませると、全員が意識を取り戻した。

四人とも、自分が何をしたか覚えていない様子である。例のメモを見せても、何のことか分からないようだ。

ただ、全員が示し合わせたように、こんなことを言った。

「天井裏に男と女がいる」

その場所は、新田の真上らしい。殆どの場合、天井は下地に化粧石膏ボードを貼り付けただけである。

複数の人間が動き回れば何らかの音はするはずだ。下手をすれば踏み抜く可能性もある。

そもそも、どうやって入り込んだのか。点検口から上がり込んだ可能性もあるが、脚立も何もない。

何より、夜間は防犯センサーがセットされている。

俄かには信じ難いのだが、とにかく調べなければ先に進めない。明らかに社員たちは怯えてしまっている。

納期が迫った仕事もあり、このままでは大変なことになる。宮下さんは三度、賃貸会社に連絡を取った。

従業員が倒れたことと、その原因がどうやら天井裏にあるらしいということを伝える。

早急に対応してくれなければ、契約解除も有り得ると最終警告を告げた。

高額な賃料を払っている借り主である。あっという間に担当者が飛んできた。

同行した作業員は、まず点検口に頭を入れ、周辺をライトで照らした。

ハッキリとは分からないが、何かもやもやした物があるという。

作業員が指摘する方角や距離から察するに、男と女がいるといわれている辺りだ。

天井裏をそこまで辿っていくよりも、該当する箇所だけ穴を開けたほうが安全である。

石膏ボードを切り外し、下地に小さな穴を開ける。そこに細いノコギリを差し入れ、徐々に広げていく。

途中、作業員が手を止めて首を捻った。引っ掛かって、ノコギリが動かないらしい。

強引に引き抜いたノコギリに、何か分からない黒い物体が絡みついてきた。

確認するまでもない。黒い物体は、どう見ても髪の毛であった。

ノコギリを使えば使うほど髪の毛が溢れ、机の上に積もり始めた。

顔面や首筋にも髪の毛が降りかかってくるのだが、作業員は終始無言で手を動かし続ける。

見かねた担当者が声を掛けたが止めようとしない。

天井に綺麗な穴が開けられ、作業員は脚立から降りた。相変わらず無言のままで、何も考えていないようである。

穴が開いたというのに、その場にいる誰ひとりとして動こうとせず、ぼんやり見上げるだけだ。

何分か経った頃、穴のふちに何かが現れた。細い指が四本である。現れたと思った瞬間、指はすぐに引っ込んだ。

その後は何も起こる気配がない。最初に我に返ったのは宮下さんである。皆に声を掛け、自らはライトを抱えて脚立に上がり、恐る恐る天井裏を照らしてみた。

そのときに見た光景を宮下さんは、生涯忘れられないという。

長い髪の女がいた。服を着ておらず、がりがりに痩せた身体が見て取れた。その側に作業服の男が立っている。

男は、女の髪の毛を無理矢理引き抜いていた。女は宮下さんに目もくれず、のたうち回っている。

激しく動いているにも拘わらず、天井は軋《きし》みもしない。男が宮下さんに気付き、近づいてきた。

そこまで見て、宮下さんは転げ落ちるようにして脚立を降りた。

追いかけてくるかと思われた男は、一向に現れない。気が付けば、五分が経過していた。

その後、警察に通報し、天井裏は徹底的に捜索されたのだが、不審なものは何一つ見つからなかった。

結局、あの二人が何だったのか、どういった因縁があるのかは一切不明のままだ。

オーナーも賃貸業者も全く心当たりがないという。宮下さんの会社が入る前は、不動産の会社が借りていたのだが、おかしなことは一切なかったらしい。

宮下さんはその直後に賃貸契約を破棄し、新しく事務所を構えた。

今でもそのビルはある。件の階は、名の知れた人材派遣会社が借りているのだが、出ていく様子はない。

揺れる女

久保さんは、とある工場に警備員として勤めている。

最寄り駅から車で十分以上掛かる場所にある工場だ。広大な敷地の周りは田圃と山しかない。

工場が稼働するのは平日の八時半から五時半まで。残業する部署もあるにはあるが、それも九時半までには帰ってしまう。

土日と祝日は基本的に稼働していない。だからといって、警備員も休日ということにはならない。

七時に開門して十九時に閉門するまで、巡回は一度きり。殆ど留守番のような勤務が待っている。

十九時以降は機械警備に任せて退勤するだけの、いたって気楽な仕事だ。十二時間の過ごし方に困るぐらいである。

工場に隣接されたテニスコートを利用しにくる社員もいるため、テレビを見ているわけにもいかない。

勿論、寝るなどは以ての外だ。何事もない可能性のほうが高いが、そんなくだらない賭けをする気にはなれない。

守衛室の窓から空を眺め、田圃に来る鳥を観察して暇を潰すしかなかった。


とある日曜日のこと。

久保さんは普段と違い、意気揚々と出勤した。暇を潰す最良の道具を持ってきたのだ。

中古店で買った高性能の双眼鏡である。早速、覗いてみた。遥か遠くの国道を走る車が手に取るように見える。

近くの木に留まる鳥などは、細かな羽まで観察できた。

思った以上の性能に、久保さんは会心の笑みを浮かべた。

勿論、仕事にも使える。警備室の前は荷物の受け入れ場所となっており、建物に沿って二百メートルほどの直線道路が伸びている。

最も端の場所で何かあったとしても、辿り着くまでに何分も掛かってしまう。

これがあると、とりあえず様子を見ることはできるわけだ。

ただ、便利とはいえ工場の許可は得ていない。遊んでいると思われるのが関の山かもしれない。

平日は使わないほうが無難だなと呟きながら、久保さんはあちこち眺め始めた。

思った通り、直線道路の端まで完璧に見える。

次の瞬間、人影が見えた気がした。

近隣には住宅がなく、散歩をするような人はいない。そもそも、柵のすぐ外に幅の広い川が流れているため、人が立てる隙間はない。

気のせいかと思い直し、もう一度双眼鏡を覗く。

いた。工場の敷地内だ。休日出勤者はいないはずなのに、こちら側を向いて誰かが立っている。

女性社員用の制服を着用している。俯いているため、顔はよく分からないが体型から女だと断定できる。

女は、ゆっくりと左右に揺れている。制帽をかぶっていないため、長い髪の毛も揺れている。

その速度が徐々に上がってきた。何のために、あんなことをやっているのか。

そもそもあれは誰なのか。全く想像ができないまま、久保さんは女を見続けた。

五分ほど経ち、目が疲れて頭も痛くなってきたため、双眼鏡を下ろした。

その途端、久保さんは悲鳴を上げて仰け反った。

警備室のカウンターのすぐ前に、さっきの女が立っていたのである。
女は笑い声のような音を発し、一瞬で消えた。
ハッキリと真正面から見たはずの顔は、どう頑張っても思い出せなかった。

次の週末、久保さんは他の同僚宛てにメモを残した。
『双眼鏡を置いておくので、良かったら暇つぶしに使ってください。』
どうやら同僚たちは使ったようだが、何の反応もない。
日替わりの勤務のため、顔を合わせることなどなく、突っ込んだ話もできない。
かといって、わざわざ休みの日に出てくる気にもなれない。
もやもやした気分のまま、久保さんは今も工場に通っている。
今でも、あの女らしき人影が動いているときがあるという。

仕事熱心

清掃会社に勤める正野さんは十年の経験を活かし、新人研修を一手に引き受けている。

二週間ほど前、佐原という学生が短期のアルバイトに応募してきた。夏季休暇の間だけ働きたいという。

佐原は以前にも清掃会社で働いた経験があり、基本はできあがっていた。

後は巡回経路を教えるだけである。これもまた物覚えが良く、一度で覚えてしまう。

初日にして一通りのことができたため、二日目からは単独で動いてもらうことになった。

佐原は期待通り、てきぱきと仕事を済ませていく。学生ではあるが、その仕事は既にベテラン同然だ。

久しぶりに来た即戦力である。正野さんは心から喜んだ。短期であるのが惜しいぐらいであった。

その日、正野さんが溜まっていた事務仕事を片付けていると、佐原がやってきた。

漂白剤とオキシドールを探しているという。

一応、常備品として在庫はあるのだが、その手の物が必要なほど汚れることは稀だ。

怪訝に思った正野さんは、何に使うか訊いてみた。

駐車場のコンクリート面に使いたいらしい。それなら話は分かる。オイル漏れや、タイヤ跡などは、いつ発生してもおかしくない。

倉庫から出してきた薬品を受け取り、佐原は駐車場に向かった。

二十分ほど経った頃、佐原が戻ってきた。労をねぎらおうとした正野さんに向かい、佐原は汗を拭きながら言った。

「さっきの薬品、もう少し貰えますか。なかなか落ちなくて」

そんなはずはない。業務用サイズを殆ど新品の状態で渡したのだ。いったい全体、どういう汚れなのか。

正野さんは佐原の後に付いて駐車場へ出向いた。

どうやら場内ではなく、出入り口横の通路らしいのだが、一見したところ何処も汚れていそうにない。

佐原は濡れた通路を指差して言った。

「ここなんですけどね。一体何があったんですか？　どうやっても血の痕が落ちない」

佐原は眉を顰《ひそ》めて路面を見ている。

正野さんは穏やかに言った。

「佐原君、ここはいいから、三階の会議室お願いできますか」

性格上、途中で仕事を止めるのは性に合わないらしい。佐原は不満げな顔を隠そうともせず立ち去った。

その姿を見送った政野さんは、掃除用具を片付け始めた。

血の痕など、何処にもない。あるはずがない。

半年前、ここで投身自殺があったとき、辺りを染めた血液は徹底的に洗い流したのだ。

数日後、佐原は誰かから事情を聞いたらしい。僅か一週間でバイトを辞めてしまった。

仮眠室

平沢さんは警備員になって十二年のベテランである。

これまでに渡り歩いた現場は九つ。頻繁な移動を命じられたのは、仕事ができないからではない。

むしろ逆だ。平沢さんは、判断力や統率力に加え、人当たりの良さと思いやりに溢れた人材である。

が、それが却って仇《あだ》になった。何処でも使える人間は、穴埋めとして最適なのだ。

急に欠員ができた物件や、何かしら不始末をしでかした物件が発生すると、真っ先に呼ばれてしまう。

ある程度持ちなおし、しばらく勤務を続けているうち、また何処かの物件で問題が生じる。

そこを立て直し、また次へ。

その繰り返しの十二年であった。

今年の初め、平沢さんは十回目の出向を命じられた。

現場は、関西のとある企業。四年前からの契約物件である。二十四時間の一人勤務を交代で行う。

主な業務内容は、業者関連の出入管理と施錠・解錠、夜間の巡回。建物は管理棟と商品倉庫だけである。

容易い仕事だが、扉や防犯機器の取り扱い方法など研修は必要だ。

研修担当は、この現場の立ち上げから在籍する小野山さん。臨時警備の現場でよく見かける顔である。

雑談を交えて穏やかな雰囲気のまま研修が始まった。

敷地周辺は古い民家が建ち並んでいる。商品倉庫が主とはいえ、立地的には不似合いである。

小野山さんの話によると、この場所で生計を営んでいた商家が母体となった企業だという。

企業の成長とともに少しずつ土地を広げ、今に至ったのであった。

守衛室は後から無理矢理建てたらしく、柵の向こう側が住宅地になっている。

そのため、深夜における扉の開閉は注意が必要とのことだ。

正門を施錠後、防犯センサーをセットすれば一安心だ。

仮眠の時間は、一時から五時半と決まっている。

守衛室は正門側が受付となっており、防犯機器もそちら側に設置されている。壁を隔てた反対側が居住区画だ。その居住区画を更に半分に割り、仮眠はそこで取るようになっていた。

「わしは受付の床にマット敷いて寝るから、平沢さんは仮眠室使っていいよ」

一つの布団を他人と共有するのが苦手らしい。

加えて、窓から夜空を見上げながら眠るのが好きなのだという。

「それじゃお言葉に甘えまして」

仮眠室に入ろうとして、平沢さんは戸惑った。どことなく薄暗いのだ。

灯りは点いている。自分の眼鏡がおかしいわけでもない。

理由もなく不安になる。

この部屋に入ってはいけない。眠るなんてとんでもない。離れたほうがいい。

そのような思いが身体に溢れてくる。

これは無理だ。小野山さんに断って、外で時間を潰しておこう。

そう決めて振り向くと、そこに本人が立っていた。

小野山さんは興味深げに平沢さんを見つめて言った。

「あんた、見える人か」

どういう意味か問い質す前に、小野山さんは話し始めた。

この守衛室では、今までに何人もの警備員が壊れているのだという。

「警備会社もうちで三つめだよ。前の二つは逃げ出した」


小野山さんが最初に目撃したのは、警備業務を請け負ってから二週間目の朝であった。いつもなら開いているはずの正門が閉まったままだ。寝過ごしたわけではなさそうである。守衛室の中で前日の当務者である秋本が何かやっているのが見える。

声を掛けたが、振り向こうともしない。

しばらく待ってみたが、何も進展がない。苛ついた小野山さんは、門を乗り越えて守衛室に怒鳴り込んだ。

「おい、何やってんだ。正門閉まったままだぞ」

秋本は焦点の定まらない目で小野山さんを見ながら、自分が何をやればいいのか分からないと言った。

ここが職場だということは分かる。自分が警備員だということも分かっている。

今が朝で、何かをしなければならないのも確かだ。

だがそれが何なのか分からない。とりあえず思いつくことをやっている。

そういった内容のことを何度も繰り返す。

秋本は預かった全ての鍵をカウンターに並べ、それをまたボックスに戻し、また取り出して並べた。

止めようとする小野山さんを振り払い、秋本は黙々と作業を続ける。

「これは鍵。大切。鍵は警備員の命」

秋本は呪文のように繰り返していたが、突然仰向けに倒れた。

小野山さんは本社に救援を依頼し、救急車を要請した。

とりあえず温めておこうと思った小野山さんは、仮眠室に布団を取りに入ろうとした。

ドアを開けた途端、足がすくんだという。

そこにあるのは、濃厚な闇であった。まるで壁のようであった。

自分ではどうしようもないぐらい、身体が震えて止まらない。

救急車のサイレンが近づいてこなければ、いつまでもそこに立ち尽くしていただろうと小野山さんは言った。

診察の結果、秋本は脳梗塞であった。

「そういうのが、この四年間で三回あった。外に立って、大声でおはようございますと言ってたとか、正門を開けたり閉めたりしてたとか。延々と基本動作をやってる奴もいた。全員、脳梗塞」

小野山さんが出くわしたのは、そのうちの二回だけだが、いずれも仮眠室は闇で満ちていた。

言葉を失くす平沢さんの肩ごしに、小野山さんは仮眠室を覗き込んだ。

「まあ、この程度なら全然平気なんだけど。気になるなら、社員用の休憩室を使うといいよ」

翌朝。

小野山さんは、自らが調べたことを話してくれた。

仮眠室のすぐ隣に家がある。実は、あの中に地蔵が祀られてある。

いつ頃からあるか不明だが、かなり古いものだ。

ただの地蔵ではない。

縁切り地蔵である。男女の縁ばかりではなく、ありとあらゆるものとの縁を断ち切る。

時々、願掛けの人を見かける。皆、熱心に祈っている。

縁を切ってほしいという切実な思いが地蔵に溜まっていく。

地蔵は年に四回、徹底的に掃除され、供養される。いわばリセットである。

そのとき、溜まっていた願が一気に放出される場所が仮眠室ではないだろうか。

少ないときはそれほど影響はないが、徐々に溜まっていくと脳を壊す。

願が多い場合は、一気に蓄積する。

「根拠はないし、証明もできないが、わしはそう信じとる」

小野山さんの話は以上であった。

言いたいことは色々とあったが、平沢さんはその全てを飲み込んだ。


平沢さんがそこで働いていたのは、三カ月間である。

新たな物件に出向が決まったのだ。

幸いにもその三カ月間、仮眠室が真っ黒になるような状況は訪れなかった。

新しい職場に慣れ始めた頃、平沢さんは再度あの物件に戻ってくれないかと頼まれた。

小野山さんが強制入院させられたのである。

午前五時から三十秒に一回の頻度で、警備本部に異常なしの報告を入れ続けたのだという。

平沢さんは、小野山さんの顔を思い出しながら、あのときに言えなかったことを呟いた。

それはそうだろうな。ドア一枚で封鎖できると考えるほうがおかしい。

移動命令は、母親の介護を理由にして丁重に断ったそうである。

尊い土地

板倉さんは今年で勤続十二年の警備員だ。

勤務先は、京都市内の銀行である。主な業務はロビーでの立哨だが、来客の案内も担っている。

銀行の営業時間である午後三時を過ぎたら、残りの二時間は守衛室でぼんやりと過ごせばいい。

理不尽な苦情や言いがかりを付ける客もいるが、そんなときは胸の中で言いたいことを言うそうだ。

その板倉さんから不思議な話を聞いた。


それは十月に入って間もない頃。

昼食を終えてロビーに戻った板倉さんは、嫌なものを見つけた。

背の高い中年女と夫婦が一組いる。中年女は、だらりとしたピンク色のワンピースにサンダル履きである。

夫婦はどちらとも統一感のない派手な服装だ。夫は赤いジャンパーに刺繍《ししゅう》付きのジーンズ、妻は豹柄のセーターに紫のスカート。

見ているだけで眩暈《めまい》がするような連中である。

五分ほど経った頃、新たに三人の男が集団に加わった。こちらは比較的まともな外見である。

スーツ姿が二名、見るからに高そうなジャケットの男が一名。

集団はロビーの机を勝手に動かし、鞄から取り出した大量の書類を置いた。

実を言うと、この連中が来店するのは今回で八度目である。正体も分かっている。

目的は土地の売買だ。派手な夫婦連れは日本人ではない。中年女は土地のブローカー兼通訳。

スーツの男は、一人が司法書士、もう一人が不動産屋だ。高級ジャケットの男は土地の所有者である。

今から、土地売買に関する手続きが行われようとしている。不動産屋に集まれば良さそうなものだが、銀行でやるのには理由がある。

金の出し入れが速く、その場で手渡してしまえば取り引きが終了するからだ。

しかも、警備員が常駐しており、いざとなれば警察への通報も一瞬で済む。

銀行側としても、高額な取り引きの実績ができるため、何も言えない。むしろ、大切なお客様である。

板倉さんは心優しい人だが、この集団に関しては悪い印象しかなかった。胸の中で辛辣《しんらつ》な言葉を投げつけていたという。

今回で八度目だが、顔ぶれは殆ど変わらない。時折、売り主が変わるぐらいだ。八度目だけあって慣れたものである。てきぱきと仕事は進み、必要事項の記入は全て終わったようだ。

そのときである。正面の出入り口で何かが光った。顔を向けた板倉さんが見たものは、真っ白な老人であった。

着物が白い、或いは髪や肌が白いだけではない。とにかく全体が真っ白だったという。そのような人物が立っていたら誰もが凝視するだろうに、通り過ぎる人々は気付きもしない。

老人は滑るように動き、自動ドアをすり抜けて入ってきた。この時点で板倉さんは、老人が人間ではないと確信した。

殆どの者には見えないようだが、カウンター業務の桃田さんという若い女性だけは眩しそうに目を細めている。

老人はロビー奥に進み、談笑している土地売買集団の側に立った。

一人一人の顔を確認した後、そっと肩に触れて出ていった。

その場で起こった出来事は、それで終わりである。

手続きが終わり、土地の所有者は夫婦連れと握手をして銀行を後にした。

それから数分後、細かい打ち合わせを終えて全員が退出したのを見届け、板倉さんはカウンターに近づいた。

桃田さんに、先程の老人のことを訊いたところ、やはり見えていたという。

「あれはきっと土地の神様だと思います。あの人たち、罰が当たりますよ」

桃田さんは神妙な面持ちでそう言った。板倉さんは心の底から賛同したそうだ。


それからあの集団に何が起こったか。

板倉さんは、具体的に把握していない。相変わらずロビーでの土地売買は行われている。

ただ、集まる人間は司法書士だけ残し、残りは全て違っている。

その司法書士も酷く痩せていて、最初は同一人物だと分からなかったそうだ。

入道雲

とある企業の営業部に所属している並木さんが、同僚の井垣という男の話をしてくれた。

「他人を悪く言う気はないのだが」

そう切り出したわりに、話は徹底した批判から始まった。

井垣は、とある役員の一人息子である。入社当日、わざわざその役員が社内を連れて回ったぐらいの可愛がりようであった。

そのせいか、本来なら面接すら受けられないような三流大学出身で、大した成果も出していないくせに順調に出世し、あっという間に係長になってしまった。

他力本願で築いた地位だが、一応、同期の間では出世頭である。本人はそれを鼻にかけ、一向に恥じることがない。

部下に対するパワハラやセクハラは日常茶飯事であった。当然、嫌う者は多いのだが、面と向かって逆らう者はいない。

そうやって、影で悪口を言っている間に、井垣はより一層傲慢さを磨いていった。

磨いたのは傲慢さだけではない。パワハラの技術も磨き抜かれた。

外堀を埋め、逃げ道を塞いだ上でネチネチと、かつじわじわと相手を追い込む。

女は勿論、大の男が泣きだすまで攻撃を止めない。

幸い、並木さんは課が違うため、直接的な被害はなかったが、聞いているだけで不快な気持ちにさせられた。

とうとう、女子社員が連続して二人、退職してしまったという。

それでも井垣の態度が改まることはなかった。それどころか、辞めていった者を能なしと決めつける始末である。

そんなある日のこと。歓送迎会の会場で、井垣は例によって居丈高な態度を貫いていた。既に一派閥を築きつつあるため、周辺に人が集まっている。

並木さんは少し離れた場所で、その様子を眺めていた。

会場の熱気のせいか、眼鏡が曇る。ハンカチで拭ったが、まだ曇って見える。傷でも付いたかと調べてみたが、眼鏡には異常は見当たらない。

どうやら曇っているのは、井垣の周りだけだと気付いた。薄らと白い煙がまとわりついているのだ。

目を凝らして見ていると、白い煙は刻々と形を変えていく。時折、人の姿になる。

一人ではない。大勢が井垣の周りに漂っている。並木さんは辺りを見回し、自分以外にもあれが見えている者がいないか探してみた。それらしき人を一人だけ見つけた。幸い、顔見知りの女性である。

並木さんと同じように、妙な顔つきで井垣を見ている。

並木さんは思い切って訊いてみた。

「ちょっと変なこと訊くけどさ、井垣の周り、曇ってない？」

その女性は、我が意を得たりとばかりに小さく頷いた。唇を噛みしめ、身体が少し震えている。

並木さんには人の形の煙にしか見えなかったが、女性にはハッキリと顔も分かるらしい。年齢は様々で、男も女もいるという。

「見覚えのある顔もいっぱいあります。同じ部署の人だと思う」

その中には、今正に井垣を取り囲んでいる連中もいるらしい。

並木さんは女性を促し、その場から離れた。これ以上は人間というものを信じられなくなると思ったからだ。

井垣はその後も順調に出世している。何故か歓送迎会の場でのみ、取り巻く煙が見える。

今では入道雲のように巨大な塊になっているという。

○○○○×××

怪談収集家の服部さんから興味深い手紙を頂戴した。

一篇の話に仕立て、ここに紹介する。


今年の二月のことだ。

服部さんは友人の土屋さんを誘い、居酒屋に向かった。

土屋さんが出会った怪異を聞くために設けた席である。

互いの近況の報告を終え、土屋さんはおもむろに話し始めた。

先月から働き始めた派遣先での出来事だという。

大阪市内の古びたビルだが、そこに女の霊が出るらしい。

土屋さんの言葉を借りると、「めっちゃクッキリした幽霊」である。

最初に見かけたのは、ビルの地下。所属部署の上司に頼まれ、電気室にペンチを借りに行く途中である。

エレベーターからの道順は聞いていたが、入り組んだ廊下で迷ってしまった。

とりあえず歩いていくと、ドアが開いている部屋があった。

室内は灯りが消えていたが、廊下の蛍光灯で様子は見て取れる。

何げなく覗き込んだ土屋さんは、思わず驚きの声を上げてしまった。

部屋の奥に女が立っていたからだ。

「あ、すいません。失礼しました」

軽く頭を下げ、廊下に戻って歩きだす。数歩進んで立ち止まった。

あの女、おかしくないか。黒いジャケットとスカートだが、この会社の制服ではない。それと、かなり長い髪だった。

就業規則に記載されてはいないが、あれほど長い髪は敬遠されるはずだ。

訪問客が入り込んでしまったのかもしれない。

見逃して何かあったら、上司から詰問される可能性もある。

思いを巡らせているとき、土屋さんは妙なことに気付いた。

頭の中に、名前が一つ浮かんでいる。女の名前だ。もしかしたら、俺は先程の女性を知っているのではないか。

潜在意識が教えてくれたのかもしれない。

確認したほうがいいだろう。

義務とか責任感ではなく、面倒を避けたい一心で、土屋さんは先程の部屋に戻った。

けれど、ほんの十数秒にも拘わらず、女性の姿が見当たらない。

室内にはパイプ椅子が並べてあるのみで、身を隠す場所などない。

出入り口も一箇所。ここから出たとしても、振り返った瞬間に見えたはずだ。

違う部屋に入ったのかもしれないが、何の物音もしなかった。

捜してみようにも、半ば迷子の自分では何ともならない。

早く戻らねば上司にも叱られる。幾つかの言い訳を見つけ、土屋さんはその場を離れた。

幸いにも、角を曲がったところに電気室があった。

ペンチを借りて職場に戻る途中、先程の部屋を覗いてみた。

やはり誰もいない。

土屋さんはそれ以降、何度か女を見かけた。地下室ばかりではない。休憩室、荷捌き場、給湯室等々、様々な場所に女はいた。

いつ見ても同じ黒い服だ。立っている姿も判で押したように同じである。右肩を少し下げ、両手をだらりと横に垂らしている。

一瞬でも目を離すと消えてしまう。目を離さなければ良いのだが、何故か見続けていられないという。

他の社員は全く気にしていないようだ。見えていないのかもしれない。自分にしか見えないのもそうだが、何より嫌なのは頭の中に名前が浮かんでくることだ。

土屋さんは、もやもやした気持ちを抱えたまま、勤務を続けていた。

ある日のこと、退社時間を迎えた土屋さんは守衛室に立ち寄った。

有沢さんという守衛を訪ねるためである。有沢さんが、二十年近く勤めていると聞いたからだ。

この人なら、あの女のことを知っているかもしれない。

期待を込めて土屋さんは、有沢さんに女の話をした。

有沢さんは眉を顰めながら黙って聞き始めたが、すぐに土屋さんを遮った。

「あんた、その女見たとき、頭ん中に名前浮かばなかったか。ああ、言わんでいい。ここに書いてくれ」

土屋さんは、出されたメモ用紙に女の名前を書いた。

黙り込んだまま、メモ用紙を睨んでいた有沢さんは、しばらくして顔を上げた。

「こんな名前もあるんか」

「何のことですか」

有沢さんは、大きな溜め息を吐き出して言った。

「教えてやるよ。全くもう……派遣会社の奴らも知ってるだろうに、何で教えないんだか」

有沢さんが、ここで働き始めたのは十九年前。このビルが警備会社と契約した当初からずっと勤めている。

その頃には、既に女はいた。

最初に発見したのは、当時の同僚の安川という男であった。

二十二時の巡回に出た安川は、地下の一室で女を見つけ、守衛室に連れて帰ってきた。

早く警察に引き渡そうと主張する有沢さんを制し、安川は尋問を始めた。

本来、警備員に尋問は許されていない。

が、安川は正義感が強過ぎる男であったため、通報前に可能な限りの情報を手に入れようとした。

結果、分かったのは名前だけだ。

それも、女から直接聞けたわけではない。突然、有沢さんの頭の中に名前が浮かんだのである。

どうやら、安川にも同じ現象が起こったらしい。

戸惑う有沢さんと違い、安川は、その名前を女に確認した。

妙なことに、安川が口にした名前は有沢さんのそれとは違っている。

だが女は、大きく頷き、立ち上がった。

立ち上がると同時に消えた。有沢さんと安川は、互いの顔を見つめながら、しばらく動けなかったという。

翌朝、次の当務者に勤務を引き継いで帰宅する途上、安川は倒れた。

救急車が到着する頃には、既に死んでいた。

詳しくは知らされていないが、心臓の病気らしい。

安川が抜けた穴を埋めるべく、細谷という若い男が配属された。

細谷は健康そのものの快活な男で、会社からの評判も良く、有沢さんも息子のように可愛がっていた。

ある日の当務中、巡回に出た細谷から無線が入った。

「こちら細谷、大会議室で不審な女を発見。守衛室に連行します」

有沢さんは嫌な予感に包まれながら、細谷の帰りを待った。

細谷は走って帰ってきた。守衛室のドアを閉めるのも忘れるほど動揺している。

「うわ、見た見た、俺、初めて見た」

落ち着かせて聞いてみると、細谷も安川と同じことをしていた。

頭の中に浮かんだ名前を口にした途端、女は大きく頷き、一瞬で消えたのだという。
念の為、有沢さんはその名前を訊いたのだが、またもや違う名前であった。
半ば怖がり、半ば面白がっていた細谷は、二日後、布団の中で冷たくなっていた。
それから今までに十数名配属された。
中には女を見ない者もいる。全員に見えるわけではないようだ。
確認はできないが、社員の中にも見えている者はいるはずだ。
ならば、自分も含めて何も起こらないのは何故なのか。
三人目が犠牲になってから、有沢さんはようやく気付いた。
名前が頭に浮かんでも、それを口にしてはいけないのだ。
それ以降、女を見かけることはあっても、犠牲者は出なくなった。
「一体、どれが本当の名前なんだか」
有沢さんは、名前を書いたメモを手帳に挟んで話を終えた。
「という話なんだけどね。あんまり怖くなかったかな、ごめんね」
土屋さんは申し訳なさそうに頭を掻いた。
いやいや、十分だよと有沢さんは感謝を伝えた。

「僕の頭に浮かんだのは、ちょっと変わった名前なんだよ。えーと、ここで言っても大丈夫かな。大丈夫だよね、あの女いないし」

土屋さんは辺りを見回してから、そっと言った。

「〇〇〇×××っていうんだよ」

※作者注・名前は聞いたが、書かないほうが良いと判断し、伏せ字にした。

縛る

いたって普通の二階建ての家である。

長い間、空き家のままだが、それには正当な理由がある。持ち主が分からないのだ。

所謂管理不全状態のまま、放置され続けた結果であった。


今年の夏、大隅さんは友人の野々村とともにこの家を探検した。

二人とも廃墟や廃屋のマニアであり、今回のターゲットがこの家だった。見つけたのは野々村だ。

野々村は引っ越しを専門とする運送会社に勤めており、この辺りで仕事をした際に見つけたらしい。

周辺も空き家が多い町だが、見た瞬間に惹かれたのはこの家だけだったという。

二階の全ての窓に板が打ち付けてあり、何となく目隠しされているように見える。

その外見が醸し出す雰囲気は、コレクションに加える価値が十分あった。

当然ながら許可は得ていない。許可を得ようにも、その相手が見つからない。

不法侵入は承知の上だが、通報されるのは御免である。大隅さんと野々村は不要な音を立てぬよう注意して敷地に入った。

玄関は施錠されておらず、簡単に開いた。途端に、湿気に満ちた空気が溢れ出してくる。埃が積もった床に靴のまま上がる。懐中電灯に照らし出される蜘蛛の巣を避け、進んでいく。

家具が一切見当たらず判断しにくいのだが、最初の部屋は居間のようであった。所々、畳が腐って膨れ上がっている。

そっと押し入れを開けてみる。同じく空っぽだ。

次の部屋は台所であった。ここも同じく家具や調理道具はなかったが、欠けた茶碗が一つだけ残されていた。

タイル張りの流し台が珍しく、何枚か写真を撮る。

もう一つの部屋も似たようなものだ。風呂もトイレも、ただ古いだけで他に特徴はなかった。

外見の雰囲気に相反し、ごく普通の家である。

大隅さんは数多く廃屋を訪ね歩いていたが、それぞれに雰囲気があった。

何かしらの生活感が刻まれていて当然だ。だが、この家には何もない。いわばモデルルームである。

「駄目だな、これ以上いても収穫ゼロだ」

「二階はざっくりでいいか」

二人はこの後、何処の居酒屋に行くか相談しながら階段を上がった。先に立つのは野々村だ。

野々村は上がりきったところで、いきなり立ち止まった。背後から覗き込んだ大隅さんも息を呑んだ。

まるで雰囲気が違う。夜とはいえ、一階はまだ街灯や付近の家から漏れる灯りがあった。二階は真の暗闇である。窓が全て塞がれているから、当然と言えば当然である。

野々村も懐中電灯を取り出し、辺りを照らした。

部屋は、廊下の左側に二つ。突き当たりに一つ。全ての扉が落書きされている。

意味のないデタラメな線だ。その落書きの上から、無闇やたらにお札が貼り付けてある。

これも法則性が見られない。とにかく貼るだけ貼ったという感じだ。

この段階では、二人ともまだ余裕があったという。

俄然面白くなってきたな、などとふざけながら、まずは手前の部屋を開けた。

この家で初めて見つけた家具があった。背もたれの高い椅子だ。所々、黒いシミが付いている。

よく見ると血の痕に思える。床の上には、これもまた黒いシミが付いたロープが転がっていた。

何に使われたものか想像も付かないが、見ていて気分の良いものではない。

とりあえず撮影し、二人は部屋を出ようとした。その瞬間、呼び止められた気がして大隅さんは振り向いた。

どうやら野々村にも聞こえたらしい。

「え。何か聞こえなかったか」

「聞こえた。お願い、とか何とか……」

部屋の中には誰もいない。だが、二人揃って気のせいとは考えにくい。もしかしたら、ここはヤバい場所なのでは。

それならば早々に退散すれば良いのだが、二人は次に向かった。

むしろ面白くなってきたのである。今まで幾つもの廃墟や廃屋を訪ねたが、心霊現象には出会ったことがない。

無論、二人とも心霊スポットのマニアではなく、あくまでも廃墟のマニアである。

けれど興味がないわけではなかった。一度だけでも良いから、経験してみたいものだと話し合っていた。

もしかしたら、今回がそれかもしれない。逃げ出すという選択肢はない。

思い切って次の部屋を開けた途端、二人同時に息を呑んで立ちすくんでしまった。

壁一面に絵が貼り付けてある。子供が描いたような絵もあれば、油絵具で本格的に描いたものもある。

題材は同じだ。両腕がない女である。全ての絵から察するに、女は腕がないのではなく、拘束衣を着せられている。

顔が描かれているものも何枚かあった。その中には耳が描かれず、左目が虚ろな穴になっているものもあった。

床に散らばっているのは描きかけの絵だ。その絵に描かれた女は、もっと酷い状態になっている。

大隅さんは、さすがに気力が萎えてきた。だが、野々村は依然として乗り気である。

最後の部屋に向かおうとしている。

「なあ。そろそろ出ないか。何か、その部屋は完璧にヤバい気がする」

正直な気持ちを伝えると、野々村はニヤリと微笑み、あっという間にドアを開けてしまった。

最後の部屋は、他の部屋どころではない異様さに満ちていた。

まず目を惹くのは内装だ。毛足の長いカーペットが釘で打ち付けられてある。壁だけでなく、床も天井もカーペットが貼ってある。

おかげで部屋に毛が生えたようになっている。

部屋の中央にはベッドが置いてあった。病院に置いてあるようなベッドだ。

その上に、丸めた衣服らしきものがある。

広げてみると、それは拘束衣であった。作りも縫い目も荒く、素人が作ったのは明らかだ。

この部屋で、というかこの家で何が行われていたのか。

厭な想像しか浮かんでこない。もうそろそろ出ようと提案する大隅さんを引き留め、野々村は拘束衣を手に取り、いきなり着始めた。

「俺、こういうの着てみたかったんだ。ちょっと手伝ってくれよ」

暗い中、初めて着るものにも拘わらず、野々村はすんなりと身体を入れていく。

五分も経たぬうちに着付けが終わり、野々村は拘束衣のままベッドに横たわった。

そっと目を閉じ、どうやら妄想に耽っているようだ。

「おーい、いい加減にしろ。そろそろ行くぞ」

大隅さんの呼びかけも無視し、野々村は目を開けようとしない。無理矢理起こそうとして大隅さんは気付いた。

野々村の顔色が尋常ではなく青くなっている。

「おい。大丈夫か」

触っても反応がない。皮膚が異様に冷たい。抱き起こした瞬間、大量の鼻血が溢れてきた。

只事ではない状況に、大隅さんは拘束衣を脱がそうと必死になった。

ようやく露わになった上半身を見て、大隅さんは思わず悲鳴を上げた。

皮膚がズタズタに切り裂かれている。拘束衣に仕掛けがなかったのは、着せるときに分かっている。

とにかく原因を調べるのは後回しだ。出血が酷く、命に関わる事態に思えた。

野々村はようやく気が付いたらしく、痛いと寒いを繰り返している。

何とか歩けるようなので、肩を貸して部屋を出ようとした。その途端、また声がした。

今回は、沢山の人の呻き声、悲鳴、怒声である。中に一つだけ、笑い声があった。

笑い声は他の声に埋もれることなく、ハッキリと聞こえたという。

階段から転がり落ちながら一階に辿り着き、這うようにして玄関を抜け出る。

大声で救助を求めながら外に出たのだが、付近は全く反応がない。

仕方なく、大隅さんは野々村を車に乗せ、病院に走った。

当直の医師は、何をやったらこんな傷が付くのかと頭を捻っていた。

二日間の入院で野々村は復帰した。その間、大隅さんはあの家にまつわる噂話を探してみたのだが、全く手掛かりは掴めなかった。

すっかり元気になった野々村だが、妙な後遺症が残った。

酷い金縛りに遭うのだ。両腕で自分の身体を抱きしめたまま、動けなくなるという。

金縛り程度なら、気の持ちようで何とかなる。

気楽に考えていた野々村だが、このところそうもいかなくなっていた。

昼間、外にいるときでも金縛りに遭うようになってきたのだ。

あの夜のことが忘れられない大隅さんは、検査入院を勧めた。だが、野々村は頑なに断る。

意識はハッキリしており、数秒で解けるから心配いらないというのだ。

このままでは話にならないと判断した大隅さんは、野々村の家族と相談し、無理にでも病院に連れていこうと決めた。

その矢先である。

野々村は交通事故で死んだ。警察によると、野々村は無理な横断をしようとしたらしい。

何故か突然、道路の真ん中で動かなくなったという。

友人に最後の別れを告げるため、大隅さんは葬儀に出席した。

棺の中の野々村を見ると、あの家のことが思い出された。

拘束衣なんか無理にでも止めれば良かった。

そう思った瞬間、大隅さんは動けなくなった。ほんの数秒で元に戻ったが、確かにそれは金縛りであった。

ただ、野々村が言っていた『両腕で自分の身体を抱きしめたまま、動けなくなる』ということはない。

誰かに抱き固められているような感触がある。最近では、その頻度が増してきたという。

今現在、大隅さんは自宅に引きこもっている。余程のことがない限り、外出はしていない。

果実

爽やかな秋晴れの日、小松さんはドライブにでかけた。

目的地は、同僚の野崎が見つけた果樹園だ。

小松さんは、聞いた話を思い出しながら車を走らせた。


その果樹園は様々な果物が実っている。

見つけたのはドライブの途中だ。

途中のコンビニで弁当を買い、景色の良い場所を探しながら走っていた。

幾つか候補地は見つかったのだが、いずれも人で一杯だ。野崎は、家族連れや若者グループの騒々しさが何より苦手である。

静かな場所を探し求めるうち、何の変哲もない森に辿り着いた。

観光施設や公園どころか、人通りすらなさそうな雰囲気だ。

森の奥から聞こえてくる小鳥のさえずりに誘われ、野崎は森に足を踏み入れた。

一応、道らしきものはある。五分ほど歩くと、広い場所に出た。

先程までの森と違い、明らかに人の手が入っていると思われた。立派な木々が整然と並び、見慣れぬ果物が今にも落ちそうに熟している。

目立った柵や看板などは見当たらない。興味を覚えた野崎は果実に近づいてみた。

何ともいえない甘い香りに、思わず手が出た。もぎ取った果実を少しだけ齧《かじ》ってみる。

濃厚な甘さが口中に広がった。今まで食べたことのない味に夢中になり、次から次へと食べ続けた。

犯罪であることは分かっている。けれど、どうしても我慢できなかった。

それだけでは足りず、両手に一つずつ持って車に戻ったのだが、途中で食べてしまったという。


俄然、興味が湧いた小松さんは、日を選んで車を走らせたわけである。

コンビニを通り過ぎ、十分程経っただろうか。

野崎の話に出てきたような森を見つけた。確かに、人影は見当たらない。通る車も少ない。

小松さんは車を降り、森に入っていった。数歩進んだところで立ち止まる。

理由は分からないが、何だか空気が重く感じる。小鳥のさえずりすら聞こえない。

聞いたのとはまるで違う雰囲気だ。ここではないなと踵《きびす》を返そうとして気付いた。

嗅いだことのない臭いが漂っている。甘いだけではない複雑な臭いだ。

野崎の話に出てきた見慣れぬ果物かもしれない。

小松さんは臭いを辿り、森の奥へ進んだ。前方に広い場所が見えてきた。

近づくにつれ、急激に臭いが強くなっていく。

立派な木々が整然と並んでいたとのことだったが、目の前にある木は全て枯れている。

それも、昨日今日枯れたようには見えない。

当然、果物が実るはずがないのだが、枝には何かが生っている。

不思議に思った小松さんは、すぐそばの木を観察した。

手に取るまでもない。果物は腐り果てていた。その木だけではない。目の届く範囲全ての果物が同じ状態である。

野崎が来たときには大丈夫だったのだろうか。それから僅か半月でこうなったとは思えない。

わけの分からない状況に頭を悩ませていると、誰かが近づいてくる気配がした。

この森の持ち主かもしれない。もしもこの辺り一帯が個人の所有地なら、野崎は完璧に窃盗犯ということになる。

自分も共犯だと思われるのは避けたい。小松さんは木の陰に隠れて様子を窺った。

現れたのは老婆である。農作業の格好で、大きな籠を背負っている。

老婆は籠を下ろし、中から何かを取り出して枝に刺した。

離れていてもすぐに分かった。腐ったリンゴやミカンだ。しばらくして、老婆はそれ以外の物も刺し始めた。

リンゴぐらいの大きさだが、果物ではないようだ。

毛の生えたリンゴなどない。ましてや、耳が付いているリンゴもない。

それは猫の首であった。老婆は猫の首を見つめ、近くの枝に刺した。

見ていられたのはそこまでである。小松さんは音を立てないようにして、その場を離れた。


小松さんは、その森に二度と行っていない。

野崎に伝えようとしたのだが、まるで聞こうとしない。

その後、野崎は毎週末、森へ向かうようになった。

行く度に、違う果物が生っているんだと興奮していた。

「でもな、時々だけど、凄く食べづらいのがあって。とにかく固いんだ。表面も毛が付いてるし」

半年後。野崎は、会社や家にいる時間が勿体ないとのことで会社を辞めた。今、一日中ずっと果樹園で暮らしているという。

由紀恵さんと象

今年のことである。由紀恵さんは、部屋の大掃除に汗を流していた。

長年住み慣れたこの家とも、六月でお別れだ。それからは、新婚夫婦として他の町で暮らし始めることになる。

押し入れの中は、教科書や使わなくなった鞄などが山積みになっていた。

家事を終えて手伝い始めた母親は、懐かしいものが出てくる度に手を休めてしまい、作業が進まない。

こんなときもあったわねぇ、そうそうこれは嬉しかったなぁ、などと感慨に耽ってしまうのだ。

由紀恵さんは、母親の好きなようにさせておいた。こんな時間を過ごせるのも、あと僅かである。

「ああ、これは」

母親が眉を顰め、驚きの声を上げた。手にしたのはお絵描き帳だ。保育園のシールが貼ってある。

表紙をめくると、何とも幼い絵が現れた。描かれているのは、象らしき動物だ。途中で塗るのに飽きたのか、頭だけを黒く塗っている。

動物園にしては背景が変だ。家や花が描かれている。子供の絵だから、好きなものばかりを集めたのかもしれない。

そう判断し、二枚目の絵を見た。

そこにも象が描いてある。同じ象だ。頭だけが黒い。先程よりも丁寧に描いてある。象は、後ろ脚を折って座ろうとしている。

相変わらず背景は家と花だが、自動車が追加されていた。

その自動車に見覚えがあった。白い軽トラックで、ドアにリンゴの絵が描いてある。それは、由紀恵さんの祖父が農作業に使っていた車であった。

だとすると、これは自分の家か。じゃあ、この象は何だろう。

記憶を探っても、何も浮かんでこない。というか、そもそもこんな絵を描いたことすら覚えていないのだ。

母親がいうには、一時期これればかり描いていたらしい。

誰が何と言おうと、由紀恵さんは他のものを描こうとはしなかった。

お絵描き帳丸々二冊分が象の絵で埋まったという。

「それにしても変な象ねぇ」

母親は、しみじみと眺めている。

「変な象で悪かったわね。ほら、手が休んでる。まだまだ沢山あるんだから」

母親は、後でゆっくり見るつもりなのか、お絵描き帳を脇に除けた。


新婚生活が始まって三日目のこと。

由紀恵さんは引っ越しの荷物を整理していた。未開封の段ボール箱は、まだ幾つも残っている。

手近にあった箱を開け、由紀恵さんは微笑んだ。あのお絵描き帳が入っていたのだ。

母親の悪ふざけに違いない。くすくす笑っていると、風呂掃除を終えた夫が顔を覗かせた。

子供の頃に描いた象の絵が入っていたと聞き、夫は興味を覚えたようだ。

お絵描き帳を受け取り、まじまじと見つめていた夫は、妙な声を上げた。

「これ、象なんかじゃない」

頭を下げた四つん這いの女に見えるという。

長い鼻ではなく、だらりと垂れた黒髪ではないのか。それに、象ならば大きな耳も描くのでは。

稚拙な絵だから分かりにくいが、言われてみれば確かにそうだ。

だとしても疑問は残る。何故、家の前にいるのか。そもそも一体これは何なのか。

由紀恵さんと夫は黙り込んで絵を見つめた。

結局、何も分からないまま月日は流れた。


それから数カ月後。

由紀恵さんは第一子を身籠もった。出産は実家近くの産院に決めてある。

その日は朝から爽やかな晴天であった。由紀恵さんは運動がてら、家の前の掃除を始めた。

親子連れが通りかかったのだが、子供のほうが足を止めた。子供は母親の手を引っ張り、不思議そうに言った。

「おかあさん。あれ何？」

何のことかと母親に訊かれた子供は、由紀恵さんを指差した。

「四つん這いの女の人が、あの人の周りをぐるぐる回ってるの」

由紀恵さんは、思わず足元を見た。何もない。

「何馬鹿なこと言ってるの」

母親に手を引かれ、その子は歩いていった。

由紀恵さんは身動きもできず、しばらく立ちすくんでいたという。

足元を見ながらそろそろと歩きだす。家の中に入っても、先程の子供の言葉が頭の中から消えない。

一体何なんだろう。私が子供の頃からずっとこの家にいるのか。

気分が悪くなり、横になろうとして気付いた。このまま横になったら、身体の周りを回られる。

由紀恵さんは、横にもなれず座ってもいられず、かといって立っているのも辛く、どうしようもなくなってしまった。

買い物から帰ってきた母親が、その様子を見て何をしているのか訊いてきた。

事情を話し、母親と話し合った結果、二人で近くの神社に向かった。

お祓いをしてもらうぐらいしか思いつかなかったのだ。

神主は真剣な顔で話を聞き終えると、念入りに祈祷してくれた。効果があったかどうかは分からないが、とにかくこれで気持ちの拠り所はできたわけだ。

元々、子供に指摘されるまで気付かなかったことである。

今まで何も起こっていないのだから、実害もないのだ。そう自分に言い聞かせるしかなかった。

事実、それから後は何事も起こらず、由紀恵さんは無事に女の子を出産した。

しばらくは実家で過ごすつもりであったが、由紀恵さんは予定を早めて夫の元へ戻ることにした。

見送る母に別れを告げ、由紀恵さんは夫の車に乗り込んだ。何となく母の足元を見てしまう。

勿論、由紀恵さんには何も見えない。

しばらく進んでから、夫はこんなことを言った。

「あれ、立ち上がると案外大きいんだな」

他人様の子

澤部さんには夏菜子ちゃんという娘がいる。

幼い頃、夏菜子ちゃんには親しい友達がいた。マンションの隣室に住む、同い年の結衣ちゃんである。

親同士も仲が良かったため、二人はいつもともに笑い、ともに泣き、たまに喧嘩し、まるで実の姉妹のように育った。

その結衣ちゃんが三歳の春に亡くなった。風邪をこじらせた結果だという。

結衣ちゃんの母親は、部屋に閉じこもったまま出てこなくなった。父親のほうは仕事に出かけていくが、酷く疲れて見える。

掛ける言葉が見つからない。そっとしておくのが最良の方法に思えた。

肝心なのは夏菜子ちゃんへの対応である。結衣ちゃんの死を上手く伝えるにはどうしたらいいか。

散々、頭を悩ませたが、答えが見つからない。いっそ、正直に教えてあげようと決めた。

結衣ちゃんの死が誰のせいでもないということ。夏菜子ちゃんは死なないということ。

それと、きちんと冥福を祈ること。澤部さんは、その三点に基づいて話し始めた。

夏菜子ちゃんは身じろぎもせずに聞いていたが、澤部さんが話し終えた途端、こう言った。

「おはなしおわった？　ゆいちゃんとあそんでもいい？」

ああ、やはり理解できなかったか。さて、どうしたものか。

悩む澤部さんを尻目に、夏菜子ちゃんは大好きなままごとセットを並べた。

「ゆいちゃん、あかちゃんやる？　じゃあわたしおかあさんね」

止めようとしたときのことだ。

夏菜子ちゃんが差し出した小さな茶碗が、ほんの一瞬だけ宙に浮いた。

何だったのだろうと思う暇もなく、次はコップが動いた。

夏菜子ちゃんは鼻歌を歌いながら、ままごとを続けている。普通なら、一人遊びのときに子供は顔を上げたままにしない。

玩具や絵本を見つめ、自分の世界に浸る。

だが、夏菜子ちゃんは顔を上げ、そこに誰かいるように話しかけた。

「夏菜子。誰と話してるの」

半ば予想していた答えが返ってきた。

「ゆいちゃん」

馬鹿なことをと言いかけた目の前で、ぬいぐるみが動いた。それは結衣ちゃんが大好きなものであった。

それからというもの、夏菜子ちゃんは見えない相手と遊び続けた。

それが大変に危険なことだと分かったのは、十日後のことである。

酷くやつれてきたのだ。慌てて医者へ行く。原因は過労であった。

当然といえば当然である。夏菜子ちゃんは結衣ちゃんと一日中遊ぶ。どれだけ止めようが、隠れて遊ぶ。

どうかすると、夜中に起きだして遊んでいるときもあったぐらいだ。

当然、生きているほうには体力の限界がある。

お守りやお札は全く役に立たなかった。盛り塩も鏡も刃物も、何の効果もない。

相手は邪気のない子供である。そういったものが効くわけがなかった。

ほとほと困り果てた澤部さんは、意を決して隣家のドアを叩いた。

現れた父親に、事の次第を話す。途中、奥の間から母親が出てきた。

「うちの娘は死にました。死んだんです。死んだ死んだ死んだ」

そう叫びながら向かってくる。

話し合いなど以ての外だ。澤部さんは逃げるのがやっとであった。

その日から七日目に夏菜子ちゃんは倒れ、救急搬送された。

命には別条はなく、体力は回復していったのだが、帰ればまた結衣ちゃんが待っている。

退院後、澤部さんは夏菜子ちゃんを連れて実家に戻った。

夫には療養のために必要と嘘を吐いてある。

あっという間に元気になった夏菜子ちゃんは、近所の子供たちと仲良く走り回るようになった。

だが、このままここに居続けるわけにはいかない。思い悩む澤部さんに朗報が届いた。

隣家が引っ越していったというのだ。

ほっと胸を撫で下ろし、澤部さんは久しぶりの我が家に戻った。

玄関の扉を開けた途端、夏菜子ちゃんが暗い廊下の奥に向かって言った。

「ゆいちゃん、ただいま」


追い詰められた澤部さんは、ありのままを夫に話した。幸いにも、夫は全面的に信じ、解決策まで用意してくれた。

犬を飼ったのである。以前、二人を公園に連れていったときのことを思い出したのだという。

散歩中の子犬がいたのだが、結衣ちゃんは泣き叫びながら逃げ回ったらしい。効果てきめんであった。夏菜子ちゃんは、結衣ちゃんのことを言わなくなった。

結衣ちゃんがどうしたかは分からない。

「多分、親のところへ行ったんじゃないかな。そこまでは面倒みきれないわよ、他人様の子だし」

澤部さんは気まずそうに顔を伏せた。

ユキがいた頃

小学生の頃、梨乃さんはいつも一人で遊んでいた。

他人との接触が苦手だったからだ。それには理由がある。梨乃さんは五歳の誕生日に熱湯を浴びてしまい、左顔面から腕にかけて酷く引き攣《つ》れていた。

学校は勿論、公園やスーパーマーケット、電車の中でさえ、梨乃さんは好奇心と嫌悪の的である。

酷いときには指を差され、化け物と呼ばれたこともあった。そういった世の中の全てが梨乃さんから笑顔を奪い、一人きりにした。


それは、梨乃さんの記憶によると八歳ぐらいの頃だ。

梨乃さんは、自宅から少し離れた空き地に向かった。人が多い公園や店に行くような勇気はない。

空き地には花もあるし、小鳥たちも来る。蟻の行列を見ていれば時間を潰せる。

そうまでしなくとも家にいれば良いのだが、母親が男の人を連れ込んでいる間は外にいるのが決まりであった。

あまり聞いたことがない小鳥の鳴き声に誘われ、その姿を探し回っているうち、梨乃さんは女の子に出会った。

自分と変わらぬ年齢に見える。女の子は驚いたのか、その場から逃げようとした。

その姿に梨乃さんは驚いた。その子には、額から目の下にかけて真っ赤な痣《あざ》があったのだ。

もしかしたら、私と同じ目に遭っているのでは。

そう確信した梨乃さんは、思い切って声を掛けた。

「いっしょにあそばない？」

その子は嬉しそうに微笑んで、大きく頷いた。それがユキとの出会いであった。

ユキは最近、この辺りに引っ越してきたらしい。

境遇の似た二人は、たちまち親友になった。

ユキは、いつも空き地で待っていた。学校には行かなくていいのかと訊くと、ユキは寂しそうに答えた。

「お父さんが行かなくていいって」

梨乃さんは、その日に習ってきたことをユキに教えたそうだ。苦手だった学校も、ユキのために頑張れるようになっていた。

季節はそろそろ夏。夏休みに入ったら、昼間からユキと遊べる。ユキともそう約束してある。

梨乃さんは終業式を心待ちにしていた。


その日もいつも通り、帰宅した梨乃さんは空き地に走った。

ところが、先に待っているユキの姿が見えない。結局、その日は出会えなかった。

翌日も翌々日もユキは来なかった。心配だが、家の場所を知らないから待つしかない。

四日目、ようやくユキがやってきた。足を引きずっている。顔も腫れあがっていた。

驚く梨乃さんに向かって、ユキは笑おうとして失敗した。

傷が引き攣れて痛むらしい。何があったか訊くとユキはお父さんに叱られたのと答えた。

とにかく久しぶりの再会である。梨乃さんはユキを労わりながら、夕方近くまで遊んだ。

翌日も一緒に遊び始めたのだが、ユキはかなり具合が悪いようで、途中で帰っていった。

一旦は別れた梨乃さんだが、ユキのことが心配で我慢できなくなった。

何もできないけれど、家まで送ってあげようと思い立ち、ユキを追いかけた。

ユキは足を引きずりながら、ゆっくりと歩いている。呼び止めようとして近づいた丁度そのとき、ユキの隣で車が止まった。

中から男が降りてきて、いきなりユキの頭を殴った。倒れたユキの身体を何度も蹴っている。

ユキは小さな声で、お父さんごめんなさいと繰り返している。

行き交う人たちは関わり合うのを恐れ、足早に立ち去っていく。

ユキは息をするのがやっとのように見えた。何とかしなければと思いながら、どうしても身体が動かない。

そうこうしているうちに、ユキは車に乗せられ、何処かに行ってしまった。

梨乃さんは唐突に怖くなってきた。家に戻り、膝を抱えて震えていたという。

翌日、梨乃さんは重い気持ちを抱えたまま、授業を受けた。

恐らくユキはもう来ないだろう。あんなに殴られたら、立つこともできない。

けれど、気が付けばいつの間にか空き地へ向かっていた。

ユキは昨日と全く同じ服装で待っていた。腫れあがった顔はどす黒く変色し、耳から流れ出した血が固まっている。

梨乃さんは、昨日目撃したことをありのまま話した。

黙って聞いていたユキは、涙をこぼし、小さな声で言った。

「お父さん、怒ると怖いんだ。家に帰ってからも、すごくいっぱいなぐられた」

ユキはお父さんに強く殴られてから、しばらく眠ってしまったらしい。起きたら、家には誰もいなかった。

それどころか、テレビもタンスも布団も、何もかもがなくなっていたという。

梨乃さんはユキが可哀想でたまらなくなり、抱きしめようとした。

ところがどうやっても腕がすり抜けてしまう。手を繋ぐこともできない。

ユキ自身も驚いている。お互いに何となく理由は分かる気はするのだが、それには触れずいつも通りに過ごした。

ユキに勉強を教え、地面に絵を描く。歌を歌い、トンボを追いかけた。

夕方になり、別れを告げるユキに梨乃さんは言った。

家に誰もいないのなら、一緒に御飯食べよう。母さんにお願いしたら作ってくれるし。

最初は遠慮していたユキだが、強く説得されて気が変わったようである。

梨乃さんはユキを連れて帰った。途中、ショーウィンドウの前でユキが足を止めた。

梨乃さんも隣に立ち、同じようにショーウィンドウを見た。二人とも黙り込んだまま、しばらくそうしていた。

ユキだけが映っていなかったのである。

家に帰ると母親が買い物に出かけるところであった。

「ちょっとトマト買ってくるから。先に勉強済ませときなさい」

母親にはユキが見えていないようだった。

梨乃さんは止めたのだが、ユキは寂しそうに微笑んで帰っていった。

それからも、梨乃とユキは空き地で遊び続けた。少なくとも梨乃が小学校を卒業するまでは。

卒業式の翌日、珍しいことに母親が梨乃さんを連れて外出した。

向かった先は美容外科である。母親は身を売って貯め込んだ金で、梨乃さんを治そうとしたのである。

手術は成功し、しばらくの入院後、梨乃さんはごく普通の外見に生まれ変わった。

家に戻り、ユキに報告しようと空き地へ走った。幾ら待ってもユキは現れなかった。

あれから二十年が経ち、梨乃さんは二人の子供を持つ母親になっている。

優しい旦那さんは、ユキの話を聞いて泣いてくれた。

つい最近、梨乃さんはあの空き地を訪ねたのだが、場所すら分からないほど街の様子が変わっていたという。

気分転換

美樹さんの高校時代の同級生、智子の話である。

智子は二年生の夏が終わるまでは、いたって平凡な娘だったのだが、新学期が始まる直前に人生が激変した。

両親を一度に亡くしてしまったのだ。

学校側は事故だと説明したが、生徒の間ではある噂が囁かれた。

母親が父親を刺し殺した後、自殺したというのだ。

それを漏らしたのが担任の教師と判明し、噂は瞬く間に真実として広がった。

智子は一旦、親戚の叔母の家に身を寄せていたが、半月も経たぬうちに追い出され、自宅で一人暮らしを始めたところであった。

普段通り、学校に姿を現した智子を待っていたのは、化け物を見るような視線であった。

同級生の一部の者が尾ひれを付け、面白おかしく盛ったのが発端である。

智子は母親を手伝い、一緒に父親を殺した。のみならず、死にきれなかった母親に止めを刺した。

警察官が発見したとき、返り血で全身が真っ赤だった。

そのような話に作り替えられたのである。

皆は、智子を殺人鬼と囃し立て、大袈裟に怖がった。

聖水と称して冷水を浴びせたり、悪霊を祓うと言って背中を強く叩いたりもした。

だが、そのようなイジメを智子は全く気にしなかった。何も起こっていないかのように、薄らと笑みさえ浮かべる。

その態度が気に入らないからと、イジメは更に陰湿で苛烈になっていった。

それでも智子は欠席を選ばず、平然と通い続ける。

美樹さんは、智子と親しいわけではなかったのだが、この現状がたまらなく気になった。

同情や正義感ではない。あくまでも好奇心だったという。

本人に直接訊ねるわけにはいかない。そんなところを見られたら、自分も仲間として標的になってしまう。

美樹さんは、密かに智子の私生活を探ろうとした。

とはいえ、素人に何かできるわけがない。とりあえず尾行の真似事からだ。

学校が終わると、智子は寄り道をせずまっすぐに帰宅する。

その後を付かず離れず追いかけていく。何かが分かるわけでもないが、その程度しか思いつかなかったのだ。

だが、結果的にこれが上手くいった。

駅を出て数分歩いたところで、智子がいきなり振り返り、美樹さんに近づいてきたのである。

智子は低い声で、何か用かと話しかけてきた。

智子は、返事に窮する美樹さんに代わり、答えを言った。

「分かってるよ。何で、あたしが平気で学校に行ってるのか知りたいんでしょ。教えてあげるから家に来て」

そう言い残し、智子はすたすたと歩いていく。

美樹さんは慌てて後を追った。

智子の家は遠くからでもすぐに分かった。何処にでもあるような町並みが、一箇所だけどんよりと沈んでいる。

それが智子の家であった。灯りが点いていないという理由だけでは、説明できない暗さがあったという。

智子は相変わらず何も言わず、家の中に入っていく。ドアは開けたままだ。

後ろ手でドアを閉め、美樹さんも中に入った。

細い廊下の奥に智子は突っ立っている。

「こっち」

後ろも見ずに言うと、智子は左側の部屋に入った。

そこは居間だった。木製のテーブルと椅子が四脚。片隅のテレビは電源が入っていない。

黒いままの画面をじっと見つめながら、智子は喋りだした。


あたしが平気なのは、この部屋で気分転換してるからよ。

今が五時二十分だから、あと十分で始まるわ。

良かったら、あなたも見てったら。

スッキリするかどうかは知らないけど。


テレビに何か映るのだろうか。五時半から始まるということは、アニメか何か。

それを見たら気分が晴れるとでも。

「始まるよ」

テレビではなかった。

智子が呟いた途端、居間の中央に黒い影が湧いたのだ。

かなり大きい影が二つだ。互いに絡まり合い、部屋中を動き回っている。

怯えながら、一体この黒い影は何なのかと訊く美樹さんに、智子は笑って答えた。

「母と父よ。あんたには黒い影としか見えないだろうけど、毎晩こうやって母が父を殺すの。母はその後、泣きながらあたしに頼むの。お願い、殺してって」

二つあった影は、いつの間にか一つになっていた。その影が智子の前から動こうとしない。

それはまるで、人間が土下座をしているように見えたという。

美樹さんは声も上げられないまま、智子の家を飛び出した。


翌日も智子はいつも通り登校してきた。

早速、イジメが始まっている。

智子は表情すら変えない。

美樹さんは、その姿を見て心の底から納得したそうだ。

毎晩、目の前で殺し合いを見ている人間が、この程度の嫌がらせに動じるわけがない。

その日以降、美樹さんは智子の存在を遮断した。

あれから十年が経つ。
智子はシングルマザーになっている。
四歳になる一人娘とともに、今でもあの家で暮らしているという。

不幸の手紙

萩山さんには、あまり感心できない趣味がある。

不幸の手紙である。毎週末、それはそれは丁寧に作り上げるという。本人曰く、正義の鉄槌。

正義の鉄槌が不幸の手紙というのは、些《いささ》かしみったれているように思える。

そう言うと、萩山さんは実物を出してきた。ごく普通の封筒だ。

所謂チェーンレターではない。これと同じ内容のものを三日以内に五人に送らないと、不幸が訪れる等ということは書いていない。

それどころか、文章そのものがない。封筒の中身は、街頭で貰ってきた広告付きのティッシュや、新聞の折り込みチラシである。

萩山さんは、その不幸の手紙を今は亡き娘さんの部屋で作っている。

娘さんは中学校卒業の直後、自らの命を絶った。

学校の同級生たちが参加している裏ＳＮＳで、ありとあらゆる誹謗《ひぼう》中傷を受けたことが原因である。

娘さん自身が遺書を残していなかったため、犯人は見つからず、学校側から謝罪の言葉もなかった。

自殺する数日前に、本人から話を聞いていなければ、萩山さんにも分からなかったかもしれない。

時間を作って、学校に乗り込もうとしていた直前の出来事であった。

妻に先立たれ、男手一つで苦労して育ててきた宝物である。

残されたのは、遺体から切り取った髪の毛だけであった。

娘の髪を梳《と》かしてあげるのが、萩山さんの何よりの楽しみだったのだ。

萩山さんは犯人を捜し出そうと奮闘したのだが、どうにもならなかった。

それは、眠れぬ夜を娘の部屋で過ごしていたときのことだ。

娘がぶら下がっていた天井を見上げていた萩山さんは、背後から肩に手を置かれた。

手は、優しく肩を揉み始める。一瞬で分かったという。

ああ、忘れるものか。これは娘の手だ。

振り向こうとした萩山さんの耳に、懐かしい声が聞こえてきた。

とうさん、ごめんね。

その一言だけ呟き、手の感触は消えた。萩山さんは声を上げて泣き、改めて娘に誓った。絶対に仇《かたき》を討ってやる。誰が犯人でも構わない。何が起こっているか知りながら、傍観者を決め込んだ奴らも同罪だ。

翌日、萩山さんは仕事を辞め、旅に出た。半年を掛け、念入りに準備を整えたという。何処で何をしたかは教えてくれなかったが、顔つきも体型も別人のようになるぐらいの日々を過ごしたらしい。

自宅に戻った萩山さんは、娘がいたクラス全員に不幸の手紙を送り始めた。脅迫文を入れたりはしない。中に入れるのは前述した通り、ティッシュや折り込みチラシだ。

分厚い封筒だと、中身を確認してしまうからだという。

それともうひとつ、肝心なものが入っている。娘さんの髪の毛である。

「そこから先、どうやるかは企業秘密」

萩山さんはそう言った後に、今までの成果を見せてくれた。

取り出してきたのは、娘さんの卒業アルバムである。集合写真の同級生の半数近くに、赤い丸印が書き込まれてあった。

「何の反応もないときも多いけどね。多分、こいつらが犯人だろうと思ってた奴らは、良い感じに不幸になってる。有り難いことに、こいつなんかは両親が死んだ」

萩山さんは甲高い声で笑いだした。

最後に、これからどうするつもりか訊いてみた。萩山さんは、しばらく考えてこう答えた。

実は俺、もう長くないんだけど、最後までやるよ。

死んでもやる、いや、死んでからもやる。

118

十五年の影

その日、帰宅した遠藤さんを嬉しい知らせが待っていた。

奥さんの千鶴さんから、妊娠を告げられたのだ。

結婚三年目にして待ちに待った報告である。遠藤さんは思わず千鶴さんを抱きしめて歓声を上げた。

その瞬間、窓際に煙が浮いているのに気付いた。

蚊柱に似た、もやもやした塊だったという。

確認しようと近づいた瞬間、煙は消えてしまった。

これが始まりであった。

それ以来、毎日のように煙が現れては消える。現れる時間は決まっていない。

消える時間もまちまちだ。すぐに消える日もあれば、終日いるときもある。

どうやら見えているのは自分だけのようだ。千鶴さんは全く気付いていない。

すぐ近くに浮いているときもあるのだが、千鶴さんは何も反応しないのである。

遠藤さんの自宅は、千鶴さんの実家のすぐ側にある。

千鶴さんの御両親は頻繁に訪ねてくるのだが、その二人にも見えていない。
遠藤さんが真っ先に疑ったのは、自らの目の病気である。
飛蚊症《ひぶんしょう》だろうと自己判断したのだが、診断の結果に異常は見られなかった。
では一体、あれは何なのか。
千鶴さんが安定期に入る頃、その答えが分かった。

日曜日の朝、遠藤さんは千鶴さんと散歩に出かけた。
自宅から少し離れた公園に向かい、ゆったりと歩いていく。
しばらくして遠藤さんは、千鶴さんの真横にいる何かに気付いた。
思った通り、例の黒い煙である。だが、いつものような煙ではなかった。
少女の形になっているのだ。
淡い影絵のようなものだが、それでもポニーテールとスカートは分かる。
千鶴さんが歩くと影も動き、止まると影も止まる。
千鶴さんの様子におかしなところはない。草花を愛でながら散歩している。
影のことを言うべきか思案しているうちに、公園に着いてしまった。
千鶴さんはベンチに座り、産まれてくる我が子のために編み物を始めた。

性別は女の子と分かっているため、編んでいるのも可愛らしい靴下だ。

そんな千鶴さんの前に、影が浮かんでいる。

遠藤さんは、恐怖よりも怒りが湧いてきたという。

さりげなく追い払おうと立ち上がったとき、犬を連れた女性が話しかけてきた。

同じ町内の奥山さんである。

かなり昔からの住人であり、千鶴さんにとって近所のおばさん以上の存在だ。

遠藤さんも笑顔で会釈したのだが、その僅かな隙に影はいなくなっていた。

その日を境に、影は完全に少女の姿を取るようになり、出現する間隔も短くなってきた。

遠藤さんは誰にも相談せず、一人きりで事態の収束を試みた。

どうせ信じてくれないだろうし、特に凶悪なものとは思えなかったからだという。

除霊の方法を調べ、お札を購入し、ありとあらゆる手段を講じてみたのだが、少女は消えるどころか徐々に濃くなってくる。

産み月を迎える頃には、顔が分かってきた。

顔面の比率からすると顎が異様に大きい。全体的に引き攣っている。

長くは見ていられない顔であった。

一体この少女は何者なのか。何故、この家に現れるのか。

千鶴も自分も、このような相手に取り憑かれるような人生は送っていないはずだ。

考えれば考えるほど腹が立ってきた遠藤さんは、思い切って千鶴さんの両親に相談した。

信じてもらえないとは思いつつ、自分なりに少女を描いた紙を見せる。

長い沈黙の後、義母のほうがその紙を破り始めた。

義父は黙ったままだ。

結局、何一つ進展せず、その夜は終わった。


翌朝、千鶴さんは破水し、産院に向かった。車に乗る寸前まで、少女は千鶴さんの側に佇んでいた。

義母がそっと訊ねてきた。

あの子はまだ側にいるのか、と。

いると答えると、義母はそれきり黙ってしまった。

千鶴さんがベッドで横になるのを待っていたかのように、再び少女が現れた。

少女は千鶴さんの腹部を見つめている。

じっと見つめている。

いよいよ分娩室に向かうときがきた。

その瞬間、少女は笑った。引き攣った顔で分かりにくかったが、確かに笑った。

遠藤さんは嫌悪感を必死で抑えつけ、育児を続けた。本音を言うと、見たくもなかったという。

産まれた我が子は、あの少女に瓜二つだった。

ある日のこと、奥山さんがそっと近づいてきて言った。

「あんたの子供、石津さんとこの瀬里奈ちゃんにそっくりだわね」

奥山さんは嬉しそうに事情を話してくれた。

瀬里奈という子は、生まれつき障害があり、それをネタに酷いイジメに遭っていた。

その先頭に立っていたのが千鶴さんであった。

瀬里奈は中学を卒業することなく自殺したそうだ。

「どうやってだか知らないけど、うまいこと揉み消したわねぇ」

遠藤さんは、千鶴さんを問い詰めた。

「石津瀬里奈って子を知ってるか。おまえが自殺に追い込んだってのは本当か」

千鶴さんは、無表情のままテレビを見続けている。

泣きだした我が子を見向きもせずに呟いた。

「ぴーぴーうるせぇよ化け物」

その夜、遠藤さんは家を出た。

もう半年になるのだが、千鶴さんがどうしているか知ろうともしない。

黴猿

武藤さんは、京都市内でトイレ専門の清掃業を営んでいる。

店舗を持たず、道具を乗せたバイクで契約先のトイレを掃除していく。

大きなビルや学校などではない。そういった物件は、大手の清掃業者が一括して担っている。

武藤さんが担当するのは、寺院である。更に、寺院専用の駐車場も請け負う。

一つ一つの契約料は僅かだが、だからこそ競争相手が現れない。

ある程度の数さえこなせれば、何とか食べていけた。

勿論、それに甘んじることなく日々の業務は完璧に行う。

業務の基盤となる寺は観光客が増加中であり、当然ながらトイレの汚れ具合も酷くなる。

投げ出したくなるような状態のときもある。特に酷いのは、市内から少し離れた場所にある有名な寺院のトイレだ。

その寺のトイレは、境内にあっても違和感がないような日本家屋風に作られてある。

勿論、内部は最新型の便器が設置してあり、壁材も汚れにくい素材だ。

ところが何故か、いつもジメジメしているという。晴天が続いたときでも湿気が溜まっている。

特に女子トイレ奥の天井部分の黒カビは、何度落としてもすぐにまた生えてくる。

寺に断りを入れ、屋根裏に上がってみたこともあるのだが、原因となるようなものは発見できなかった。

床下も怪しいが、さすがに掘り返すことまではできない。

武藤さんは諦めて、黒カビ除去に精を出していた。

そんなある日のこと、掃除を終えた武藤さんは観光客に呼び止められた。

日傘を差した年配の女性である。

一見したところ日本人のようだが、自国語しか話せないようだ。

武藤さんが掃除したばかりのトイレを指差し、小さな声で喋りだした。

意味は分からないが、何事か質問があるように思えた。

自分の言葉が通じないと分かり、女性はスマートフォンを取り出した。

画面に向かって話しかけてから、画面に触れる。表示された内容に満足したらしく、女性は画面を武藤さんに見せた。

察するに、各国の言葉を日本語に翻訳してくれるアプリケーションソフトである。

そこには、こんな文章が記されてあった。

『あの屋根の上にいるものが見えますか』

あの屋根の上にいるもの。

鬼瓦のことだろうか。女性はもう一度、トイレを指差した。

その指につられ、武藤さんもトイレの屋根を見た。そこに真っ黒な猿がいた。

この付近には、猿どころか猪もいる。だが、これほど真っ黒な猿は今までに見たこともなかった。

とはいえ、色がどうだろうと猿は猿だ。あまり近づくと危険である。

武藤さんは女性に向かって、モンキーと答えながら、近づくなという意味を込めて腕で×印を作った。

女性は何とも言えない表情で、もう一度スマートフォンに話しかけ、翻訳された文章を見せてきた。

『あなたには猿に見えるのか』

武藤さんは大きく頷いた。女性は三度目の画面を見せてきた。

『あれは猿ではない。私の国では悪霊と呼んでいる』

女性は、何か呟きながら、顔を伏せて急ぎ足で立ち去った。

武藤さんは恐る恐るトイレを見た。真っ黒な猿は、まだそこにいた。

もしかしたら、今までもずっといたのかもしれない。

そのとき、気付いた。猿が座っている真下は、例の黒カビが絶えない場所だ。

いつからあそこにいたのだろう。あの女性に言われなかったら、ずっと気付かなかったかもしれない。

想像するといても立ってもいられなくなり、武藤さんは無我夢中で掃除道具を片付け、その場から逃げ出した。


その後も武藤さんは清掃業を続けている。

件の猿は今でも見かける。たまにだが、女子トイレの中にいることもある。

そんなときは無理に掃除せず、面倒だが翌日の早朝に出直す。

見えてしまう人も少なからずいる。

日本人だけが、あの黒い猿は何だと訊いてくるそうだ。

無駄骨

足立さんは、関西地方の寺で働いている。

勤続年数十余年の先輩の口利きで、今秋に入ったばかりだ。

観光地としても有名な寺であり、足立さんは拝観料の受付業務を手伝っている。

それ以外にも電話の応対や、簡単な事務処理なども業務のうちだ。

職場内は全て女性であり、中には気の強い人もいる。目立ったり、逆らったりは厳禁だ。

人間関係で間違えなければ、仕事自体は大変に楽である。

拘束時間も短く、その割に時給は高い。気の合わない相手は適当に距離を置いておけばいい。

今のところ、週に二、三度の勤務だが、先輩が一人退職することが決まっており、それ以降は勤務日数も増える。

足立さんは、この仕事に出会えたことを感謝した。

内部に入って知ったことも多い。まず驚いたのは、寺経営の杜撰《ずさん》さである。

賽銭箱から集めた金は袋に詰められ、銀行が集金に来るまで事務所内に山積みである。

金庫にすら入れようとしない。

観光地として存在する以上、渉外や企画を担う人間が必要になる。

本山の周りにある寺の僧侶がそれぞれ請け負うのだが、その仕事振りもまた適当なものだ。

中には、勝手に団体客を招き入れ、その拝観料を自分の懐に入れる者もいる。

風俗街に通う者、マスコミの取材には必ず顔を出す者等々、修行を積んできたとは到底思えない。

そのような事実が、働き始めて間もない新人に分かってしまうのも有り得ないことだ。それこそが、杜撰さの証拠であった。

それでも、やはり本業に関しては大したものである。

出頭と呼ばれる勤行などは、聞こえてくる声にも神聖なものを感じ取れたという。

働き始めて二週間目、その本業すら危ういのではないかという出来事が起こった。

納骨に訪れる人が立て続いたときのことだ。足立さんが応対しただけでも、五組。

全体で十三組が納骨に来た。

納骨した後は、本堂でお経を上げてもらい、帰っていくのが一連の流れである。

預けられた骨壺は一定の期間、ずっと経を手向ける。その後は納骨堂に収めるのである。

足立さんが呆れたのは、その骨壺の扱いであった。

段ボール箱に詰め込み、廊下に出しっぱなしにしてあるのだ。

覆いも何もしていないため、骨壺が丸見えである。

どうやら、一定期間の読経もやっていないようだ。何故なら、段ボール箱の位置が全く変わらないのだ。

先輩は見慣れているらしく、気にもしていない。

足立さんも良心に蓋をし、無視を決め込んだ。

観光シーズンの到来で、忙しい日々が続いている。酷いとは思うが、構っている暇はない。

儲け時ということで、僧侶も珍しく朝から忙しそうに出入りしている。

昼休憩で受付を離れ、休憩室に向かう途中、足立さんは寺務所の前で立ち止まった。

商魂たくましいと噂される僧侶の周りに、沢山の人が集まっているのが見えたのだ。

その人たちは、口を揃えて「早く納骨しろ。いつまで待たせるんだ」と怒鳴っている。

もしかしたら、骨壺を放置しているのがバレたのかもしれない。

野次馬根性に突き動かされた足立さんは、休憩室に隠れ、そっと覗き込んだ。

正直なところ、とことん責められたらいいと思っていたという。

ところが、僧侶は全く気にしていないようなのだ。それどころか、呑気に電話などしている。

笑いながら電話を切った僧侶は、玄関に向かっている。

周りの人たちが立ちふさがるのが見えた。いよいよ喧嘩沙汰かもしれない。

足立さんがわくわくしながら見ている前で、僧侶が群れる人たちを無視して歩きだした。

止めようとした男性は、僧侶に触れた途端、煙のように揺れた。

次の男性も、その次の女性も、中には子供もいたのだが、全員がゆらゆらと揺れたのだ。

見ていた足立さんは、鳥肌が立つ腕を擦りながら、しみじみ思ったそうだ。

救ってほしい相手も見えずに、よく坊主をやってるな。

それ以来、足立さんは宗教そのものを信用できなくなったという。

野狐禅《やこぜん》

上島さんは、とある寺の門前町で暮らしている。

観光とは無縁の静かな寺だ。

寺の北門横に廃屋がある。今年四月、その家に一人の男が住み着いてしまった。

四十代に見えるのだが仕事にも行かず、毎日ぶらぶらと過ごしている。

本人は遠い親戚から譲り受けた家だと言い張り、警察に対してそれらしき書類も掲示したらしい。

おかしな行動を取るわけでもなく、いたって静かな暮らしぶりのため、住民たちは黙認することとなった。


勤務地が遠方の上島さんは朝五時半に家を出る。

寺の正門を右に見て駅へと向かう途中、古い橋を渡る。

強度の問題があり、人や自転車しか通れない橋だ。

夏を迎える頃、そこに男の姿を見かけるようになった。

橋の中央部で朝陽を浴び、胡坐《あぐら》を掻いている。

薄く開けた目が向かう先は寺の本堂である。

どうやら、座禅を組んでいるつもりらしい。薄汚れた僧衣をまとい、いっぱしの修行僧気取りだ。

上島さんは鼻で笑いながら、男の前を通り過ぎた。

素人が何をやってんだ、程度の感想しか思いつかない。

駅に着く頃には、すっかり忘れていたぐらいだ。

その夜、上島さんは帰宅早々、奥さんから相談を持ち掛けられた。

男の座禅を止めることはできないだろうかという。特に何かしたわけではないのだが、あの橋は付近の子供たちの通学路だ。

今はおとなしく座っているだけだが、いきなり襲ってくる可能性がないとはいえない。

既に、怖がる子もいる。女の子の親は気が気ではない。

不味いことに上島さんは青年団の団長であり、拒否できない立場であった。

どうやら、男は五時から八時近くまで座っているらしい。

素人ながら大したものだと感心したいところだが、口には出せない。

「明日、いつもより早めに家を出て話し合ってみるよ」

そう言うしかなかった。


翌朝。

三十分早く出たのだが、既に男は座っていた。

どのように頼んだら良いものか。場所を変えてくれたら、問題は解決するのだが。

いっそのこと、寺の境内でやれば良いのでは。

色々と思いを巡らせながら、上島さんは男に近づいていった。

さて、話しかけようと口を開けたとき、上島さんは有り得ないものを目にしてしまった。

男は、橋の欄干を背にしているのだが、その十メートルほど後ろの空間に人が浮かんでいる。

顔は見えない。首が折れているのか、ずっと下を向いているからだ。

服を着ていないため、乳房も下腹部も露わになっており、女だと分かった。

女は、カクッカクッとコマ送りのように少しずつ男に近づいている。

話しかけるなど、とんでもない。上島さんは急ぎ足で男の前を通り過ぎた。

少し離れてから振り返る。

女はじわじわと近づいている。

どうしたものかと見守っていた上島さんは次の瞬間、悲鳴を上げそうになった。

女は一人ではなかった。男の前方にもいる。橋の下から次々に湧きあがってくる。

途中、散歩の老婆やジョギングの若者が通ったが、女たちはそういう者には関心がないようであった。

ただひたすら、男に近づこうとしている。


下手に忠告して、あの女たちの恨みを買うわけにはいかない。

素人が知ったかぶりで座禅などするからだ。

そう割り切った上島さんは、男と話すのを止めて駅に向かった。

奥さんには、もう少し待っていれば解決すると報告した。

実際、その報告通りになった。

突然、男はいなくなったのである。

着ていた僧衣が橋の欄干に引っ掛かっていた。

ずたずたに切り裂かれていたという。

首吊りライン

大竹さんは、京都市内のとある寺に警備員として勤めている。

何年か前までは昼勤務だけの契約であった。夜間も必要となったのには理由がある。

着任早々、大竹さんは先輩からその理由を聞かされた。

境内で首を吊られたのだという。

第一発見者は清掃業者である。寺務所前の道は墓地へと通じているのだが、その途中の木にぶら下がっていた。

業者は警察への通報を思いとどまり、ひとまず寺務長に連絡した。

突発的な有事の際、警備や清掃の担当者は、真っ先に寺の判断を仰ぐよう指示されていたからだ。

駆けつけてきた寺務長は救急車を呼び、警察には連絡をしなかった。

いずれにせよ、警察の知るところになるのだが、とりあえず大切にすべきは世間体である。

同じサイレンでも、救急車とパトカーとでは、興味の持たれようが違ってくる。

おかげで、知る者は一部の関係者だけとなった。

説明を始める。


「ちなみにな、一度だけじゃないんだよ」

先輩が嬉しそうに言った。首吊りは半年で三度も行われたというのだ。それが元で、夜間も警備員が巡回するようになったのである。新人を怖がらせるのが習慣になっているのだろう。わざわざ境内の平面図を持ち出して説明を始める。

「ここと、ここ、それとここ」

示された三箇所は、墓地前と庭園と塀沿いである。

何かが気になり、大竹さんはじっくりと図面を見つめた。

「ああそうか」

思わず声が漏れた。三点を結ぶと一直線に並ぶのである。少しの歪みもない、まっすぐな線だ。

言われて初めて気付いたのだろう。先輩は目を丸くして見直している。

その日の当務を終えた大竹さんは、門を出たところで立ち止まった。

昨日の直線が頭に浮かぶ。あの線を延ばしていくとどうなるのか。

スマートフォンを取り出し、周辺の地図を表示した。

幸いにもと言ってはおかしいが、直線は駅のほうへ向かっている。

この日から大竹さんは、町並みを観察しながら歩くのが習慣になってしまった。

とはいえ、目標はあくまでも葬式である。自宅で葬儀を行う家も少ないだろうから、それほど期待は持てない。

忌中の家を見つけたところで、首を吊られたんですか等と訊けるはずもない。

あくまでも好奇心を満たすための行動でしかなかった。

ところが、観察を始めて二週間目のこと。大竹さんは首吊り自殺に遭遇してしまったのである。

寺から歩いて五分ほどの家だ。

救急車が到着したばかりのようで、何やらごった返している。

もしかしたらと思った大竹さんは、野次馬に紛れて事の推移を見守った。

救急隊員が処置をしながらストレッチャーを押してきた。母親らしき女性が必死で呼びかけている。

「ようちゃん、返事して、お願い」

その声にいたたまれなくなり、場を離れようとした大竹さんは、何げなく玄関の奥を見た。

首吊りに使ったと思しきロープが垂れ下がっている。

前にいた野次馬同士が、「自殺だってさ」「あのロープだな」などと囁き合っていた。

事ここに至り、大竹さんは本腰を入れて調べ始めた。

住宅地図を買い求め、自殺現場を赤線で繋ぐ。やはりまっすぐだ。

一箇所増えたおかげで、更に明確になった。その線を延ばしていく。

何十軒もの家が繋がれていく。この全ての家を調べることなど不可能である。

それでも、暇を見つけてうろつけば、この間のような場面に出会えるかもしれない。

大竹さんはその後も地道に観察を続けた。休日には、わざわざ車を走らせるほど夢中になったという。

その結果、半年の間に見つけたのは、忌中の札を貼っている家が二軒である。

当然ながら、首吊りかどうかは分からない。それでも、その家は二軒ともがピタリと直線上にあった。

これ以上は県外に出てしまう。いい加減、この辺りで止めたほうがいい。

そう思いながら、今までの成果である地図を広げた。これはこれで面白かったな、等と呟く。

じっと眺めるうち、疑問が湧いてきた。

線の出発点は何処だ。寺の首吊りが一番目だと決めつけていいのか。

大竹さんは、直線を逆の方向に伸ばしていった。当然、そちら側にも町はある。

住宅も多い。更に線を延ばす。川を越え、山に向かう。山の中に、ポツンと置かれた地図記号を見つけた。

寺を表す記号である。近くにあるのは墓地の記号だ。

山の中に寺があっても不思議ではないが、直線上にあるのが気にかかる。

大竹さんは、自らの物好きな行動に苦笑しながら、その墓地を目指すことにした。

朝早く出発し、まずは麓を目指す。途中、何の変哲もない町並みを幾つか通り抜ける。

もしかしたら、この辺りでも首吊り自殺があったかもしれないが、分かるはずもない。

更に車を走らせ、目指す山が見えてきた。人影は全く見えない。登山口の手前で車を降り、大竹さんは歩きだした。

険しくはないが、荒れた山道である。何十年も人が歩いた様子がない。

十五分ほど進むと、行く手に墓地が見えてきた。

近づいた大竹さんは、荒れ果てた様子に眉を顰めた。墓の数はそれほど多くはない。

どの墓も荒れ果て、長きに渡って訪れた者がないことを現している。

それは先程の山道からも分かることだ。ここは人が来ない場所である。

墓地から少し離れた場所に寺らしき建物があった。

当然、これも廃寺のようだ。外れかけた扉から本堂を覗いた大竹さんは、短い悲鳴を上げてへたり込んだ。

本堂の中で誰かが首を吊っている。逃げ出そうとして気付いた。

吊っているのは人間ではない。仏像だ。仏像の首に縄を掛け、天井から吊してあったのだ。

それも一体だけではない。大小様々な仏像が首を吊られている。

この寺が始まりだ。目的も方法も見当すら付かないが、大竹さんは直感でそう思った。

その通りだとでもいうように、いきなり仏像たちがゆらゆらと動き始めたという。

大竹さんは転げ落ちそうになりながら、山道を走って逃げた。

それ以来、大竹さんは余計な推理を慎み、仕事が終われば脇目も振らずに帰るようにしている。

出発地点は分かった。

大竹さんが勤務している寺が中継基地だ。

最終目的地が何処になるのかは分からない。

頑固な今田さん

カメラが霊を撮影することなどない。

写るからには目に見える光か、或いは赤外線を発しているはずだ。

存在するかどうか分からない霊などというものに、そんなことができるはずがない。

それが今田さんの持論であった。

自信たっぷりに言い切れるのには理由がある。

今田さんの仕事は防犯機器のメンテナンスであり、様々な現場の録画映像を数多く見てきた。

その数は優に千を超えるが、妙なものが映っていたことは一度もない。

光の球や黒い影が映っていたときもあったが、それらは全て光学的な理由が付くという。


昨年の七月。

今田さんは持論を証明する機会を得た。

取引先の寺に設置してある防犯システムの修理に向かったときのことだ。

壊れたのは録画用のハードディスクレコーダーである。落雷した瞬間、画面が消えたらしい。

当直の警備員の報告によると、焦げた臭いがするとのこと。状況から察するに、過電流によってコンデンサーが焼けたものと思われた。

勤務時間外ではあるが、急ぎとのことで今田さんは現場に向かった。

万が一を考え、予備のレコーダーを持参している。つい最近、大きな農場のシステムを入れ替えた際、回収してきた機器である。

現役でフルに使われていたものであり、何処も故障していない。廃棄の指示がなかったため、緊急時の交換用に保管してあったのだ。

程なくして現場に到着。蓋を開けてみると、やはりコンデンサーが焼き切れている。

この現場では修理できそうもない。交換機の出番である。

それほど時間を要することなく交換が完了し、現場のカメラは全て復帰した。

念の為、レコーダーの機能をチェックしておく。分割画面、拡大等々全て合格。

あとは録画機能の確認だ。録画スイッチを押し、しばらく待ってから再生してみる。その瞬間、今田さんは違和感を覚えた。

一体これは何処を映しているのか。

この寺の境内に池などなかったはずだ。

画面下に白い文字で、カメラの設置場所が記されてある。

『A‐25　二号貯水池』

謎が解けた。以前、このレコーダーが設置されていた農場の画像だ。だとすると、おかしい。持ち帰ったときに初期化したはずである。

とりあえず再度、初期化しようとした途端、画像が横に動き始めた。つまり、カメラが動いているということだ。

今田さんは困惑した。この農場のカメラは全て固定式であり、左右に動く機能などない。

更にカメラは移動し続け、林を映し出した。

林の中に、一人の男がいる。木を見上げながら歩いている。一本の木の下で止まり、リュックサックを下ろす。

中から取り出したのは、ロープと折り畳み式の脚立だ。男は、脚立の上に乗り、枝にロープを掛けた。

直後、男はあっさりと首をロープに入れ、脚立を蹴り飛ばした。

もがいたのは、ほんの少しの間であった。

録画はそこで終わり、何事もなかったかのように現在の寺の画像に切り替わった。

呆気に取られていた今田さんは、隣の警備員が座り込む音で我に返った。

会社に連絡し、直ちに現場を確認するよう依頼し、自らも急ぐ。


男の遺体は、死後数日経っていたせいか、酷い状態であった。

林は巡回経路には含まれておらず、全く人が出入りすることはない。

貯水池の様子をカメラで確認するのみである。

今回のことがなければ、発見はかなり遅れていたらしい。

やはり、現場のカメラは固定式であり、林を撮影できた理由は不明のままである。

このような出来事があったにも拘わらず、今田さんの持論は変わらない。

カメラが映し出したのは、あくまでも生身の人間であり、霊などではないと言い張っている。

重い仏壇

中塚さんは廃品回収を生業としている。

その日、初めて行く町を流していた。所謂豪邸は見当たらない。標準より少しだけ上の家が並ぶ町だ。

中塚さん曰く、こういった町のほうが売り物になる粗大ゴミが多いらしい。

勿論、経験上そう判断しているだけで、根拠はない。一日流して全く声が掛からないこともある。

だが、どうやら今回は大当たりであった。

上品な女性が、中塚さんの車に手を振っている。豊かな生活を送っているのがひと目で分かる服装だ。

家がまた素晴らしい。造りは地味だが、金に糸目を付けずに建てたのが丸分かりである。

女性は穏やかな口調で、何でも引き取ってくれるのかと訊ねてきた。

危険物以外なら大抵の物は扱っていると答えると、女性は心底から嬉しそうに微笑んだ。

物を置いてある場所に案内される。通りからは見えなかったが、かなり広い敷地である。

「あの中です」

女性が指差した先に大きな蔵があった。廃品回収を長くやっているが、蔵を見たのは初めてである。

中塚さんは思わぬ幸運に感謝した。蔵の中身次第では、宝の山と専属契約するようなものだ。

蔵の前に年老いた女性が立っていた。銀鼠色の着物が素敵な老女である。

話によると、この二人だけで暮らしているらしい。蔵の中を整理したいのだが、大きな物は運べないのだという。

いよいよ宝の山が目前に迫ってきた。中塚さんは可能な限りの笑顔を浮かべ、任せてくださいと胸を叩いた。

蔵の戸が開かれる。老女が先に立って進んだ。その物は一階の中程にあると言われ、中塚さんはきょろきょろと辺りを見回しながら後に続いた。

「これなんですけどね」

老女が指差した物を見て、中塚さんは一瞬たじろいだ。

二人が処分したい物とは、仏壇であった。それほど大きなものではないが、とにかく見事な物である。

仏壇には詳しくないが、一般常識程度の知識はある。それから察するに、百万以上はすると予想できた。

ただ、問題はこれを引き取ってくれる業者がいるかどうかだ。中塚さんは、スマートフォンで仏壇を撮影し、二人に断ってから外に出た。

知り合いの古物商にメールを入れ、事情を説明する。

古物商が言うには、古美術品的価値がなければ引き取れないらしい。

中塚さんが先程撮影した画像を送ると、古物商はいきなり食いついてきた。これならば売り物にできる、是非にとのことだ。

中塚さんは深呼吸し、渋面を作ってから二人の元に戻った。

「すいません、引き取り業者に訊いたんですが、二束三文でしか買い取れないらしくて」

老女はそれでも構わないと頭を下げ、引き取ってくださる手数料を支払いたいとも言いだした。

中塚さんは渋面を崩さず、回収を引き受けた。

では、と仏壇に近づき、どの程度の重さがあるか試しに持ち上げてみた。

良い材を使っているせいか、かなり重い。手で運ぶのは困難な重さだ。中塚さんは一旦車に戻り、台車を持ってきた。

大粒の汗を掻き、ようやく積み込みが終わった。作業を見守っていた二人は、深々と頭を下げ見送ってくれた。

車を走らせてから数分後、先程の古物商から電話が掛かってきた。

「伝えるのを忘れていたが、その仏壇、魂抜きはしているだろうな」

何のことだか分からない。そう答えると、古物商は一瞬黙り込んだ。次いで、呆れたように説明を始めた。

仏壇を売るときは、御先祖様の魂を抜かねばならない。それをやってないということは、御先祖様も一緒に売り飛ばすことになる。

やってないなら、うちは引き取れない。

中塚さんは焦った。売却先があるからこそ引き取ったのだ。確かに手数料は貰ったが、粗大ゴミとして処分したら儲けが吹き飛ぶ。

中塚さんは急いで引き返し、インターフォンを押した。

応答に出た老女に事情を話し、魂抜きをやったかどうか訊ねた。

インターフォン越しに二人の笑い声が聞こえてきた。やっと気付いたのね、馬鹿だねぇとも言っている。

「そんな仏壇知りません」

その言葉を最後にインターフォンが切られた。しつこく押し続けていると、背後から声を掛けられた。

振り向くと警察官が立っている。

中塚さんは曖昧な微笑みを浮かべ、その場を立ち去るしかなかった。

結局、仏壇は持ち帰るしかなかった。日を選んで廃棄処分しようと試みたが、その度に車が故障したり、家族が入院したりする。

倉庫に入れっぱなしにしていると、何かしら不幸が続く。

仕方なく、床の間に置き、朝晩お経を唱えているという。

知ったことではない

西畑さんの家は通りに面している。左側に行くと駅がある。歩いて十分程の距離だ。高校時代から現在に至る十五年間、ずっと通い続けた道である。寂れた商店街を抜け、しばらく行くと一軒の家が見えてくる。

西畑さんが中学生の頃に建てられた家だ。何度か持ち主が変わり、その都度リフォームされているため、築年数のわりに古びた印象はない。

西畑さんは、この家が苦手だ。端的に言うと怖いのである。西畑さんだけではない。西畑さんの両親は勿論、近隣の住民全てが恐れる場所であった。

この家で暮らし始めると、早ければ数週間、遅くとも半年以内に家族の誰かが死ぬ。極端な場合、家族全員が死ぬときもあった。

自殺、事故、病気、死に方は異なれど、必ず死ぬ。そして、遺された者にも何かしら不幸が訪れる。

交際相手を刺した女性や、幼児虐待で警察沙汰になった両親など、通常では有り得ない事件が起こる。

十五年間に七つの家族が入居し、そのいずれにも平等に不幸が訪れた。

これを建てた一家が祟っているのだろうとは言われていたが、その理由が全く分からない。

そういう家である。怖くないはずがない。

瑕疵物件の見本のような家だが、それでも購入者が現れる。

一つの家族が滅び、空き家になる。しばらくはそのまま、ほとぼりが冷めるまで待つ。

当初、取り扱っていた不動産会社は手を引き、今の会社で四社目になる。

瑕疵があることを承知の上で、引き継いだのも無理はない。

いわく付きの物件と知らなければ、平均以上の家である。

不動産会社が黙っていても、噂ぐらいは耳にするはずだが、それもなかった。

この地域の住民は、家の存在そのものを日常から外したのである。

前を通るときは、視界に入らないように顔をそむける。通り過ぎるまで息を止める者もいる。

噂などとんでもない。噂をすることで、この家と繋がってしまうからだ。

互いに話し合ってこうしようと決めたわけではない。いつの間にか、暗黙の了解ができあがっていた。

高校時代、西畑さんは仲間とともに、この家の探検を試みたことがあるという。

暗黙の了解は知っていたが、若さゆえの痩せ我慢がそれを無視させた。

月明かりすらない真夜中、西畑さんが先頭に立ち、まずは門扉を開けようとした。

その途端、仲間のひとりが思いきり西畑さんの袖を引っ張った。

「あれ。あれ見ろあれ」

震える声で繰り返す。同じく震える指先が二階の窓を示していた。

二階には三箇所に窓がある。一番右の窓に人がいた。男が一人、女が一人、その間に少女が一人。

全員が顔を上げ、同じ方向を見ている。今が真夜中でなければ、別段おかしなことではない。

が、真夜中を過ぎた今、あの三人は何をしようとしているのか。

それと、全体にぼんやり光っているのは何故か。

「やっぱヤバいって。早く帰ろう」

言われるまでもない。全員が争って逃げ出した。

二日後の朝、あの家の前を通りかかった西畑さんは、思わず顔を上げて窓を見てしまった。

また人が立っていた。この間の三人ではない。年老いた女が一人である。

それ以降、西畑さんは暗黙の了解を受け入れることにしたという。

大学は電車で通える範囲であった。卒業し、社会人になった今でも通勤は電車である。

必然的に、あの家の前を通ることになる。勿論、一度たりとも目にすることはない。


とある春の日のこと。

その日は休日であった。映画にでも行こうと家を出た西畑さんは、あの家の手前で足を止めた。

家の前に引っ越し便のトラックがある。手際よく、次々に荷物が運び込まれていく。

何ともいえない気持ちで見ていると、トラックの後ろに一台の乗用車が止まった。

降りてきたのは、新しい住人と思われる夫婦だ。

西畑さんは、夫婦を見なくても済むように、いつもより深く顔を伏せて前を通り過ぎようとした。

どうやら新婚夫婦らしい。奥さんの弾んだ声が耳に入り、西畑さんは足を止めて顔を上げた。聞き覚えのある声だったのだ。

「あれ？　もしかして西畑君」

驚く姿に、懐かしさと気まずさがこみ上げてくる。

目の前にいるのは、大学時代に付き合っていた北岡萌美であった。

卒業目前、つまらない言い争いが原因で別れた相手だ。

「あ。そうか、西畑君ってこの辺りに住んでるんだっけ。同じ町内だね、これからよろしく」

そう言って萌美は夫のところへ戻っていった。二人で何やら楽しげに話しながら、家の中に入っていく。

混乱した西畑さんは、その場で必死に考えた。

あいつ、この家で暮らすつもりか。どんな家か教えたほうがいいんじゃないか。

でも何と言えばいいのか。どう説明すれば信じてくれるだろう。

とにかく何としても助けなければ。

意を決した西畑さんは、門の中に足を踏み入れた。引っ越し作業は、まだ半分ほど残っているようだ。

幸い、萌美は玄関を入ってすぐの場所にいた。

「どうしたの。何か用事？」

西畑さんは萌美を玄関先に連れ出し、この家で起こった出来事を包み隠さず話し始めた。

入居した家族から、必ず死人が出る。

生き残っても容赦なく不幸になる。

その原因も理由も分からない。

黙って聞いていた萌美は、西畑さんの頬をいきなり平手打ちした。

「いい加減にして。最低。あたしが幸せになるのが、そんなに憎いの？」

幾ら説得しようとしても無駄であった。騒ぎを聞きつけた夫が萌美を庇い、睨みつけてくる。

引っ越し業者も加勢に入ってきた。

いい加減にしないと警察を呼ぶとまで言われ、西畑さんは一旦その場から離れた。

それでもまだ、西畑さんには助けたいという思いがあったという。

もう一度説得しようと振り向いた瞬間、二階の窓に目が吸い寄せられた。

全ての窓に、びっしりと人がいた。その全員が西畑さんを見ている。

しまった。家と繋がってしまった。

西畑さんは慌てて顔を伏せ、逃げ出した。

すいません、僕は関係ありません、勘弁してください。あんな夫婦がどうなろうと知ったことじゃないです。

小声で繰り返しながら、全力で走る。

自宅に駆け込んでからも、身体の震えがしばらく止まらなかったという。
現在、あの家は空き家になっているそうだ。

タクシー乗り放題

玉村さんは、長いキャリアを持つタクシーの運転手である。

街中を流したり、駅前で客を待ったりはしない。玉村さんは、とある寺を縄張りにしている。

むしろそのほうが稼げるときもあるらしい。当然ながら、同じ方法を採る運転手も多い。会社は違うが、毎日同じ顔ぶれがやってくる。

その中に芳野という男がいた。玉村さんと同じくベテランの運転手だ。

世間的には定年の年齢を超えていたが、病弱な妻の医療費を捻出するために無理を重ねているという。

いつ見ても上機嫌で優しい性格の芳野は、誰からも好かれていた。

けれども、人柄が良くても幸せになれるとは限らない。秋の観光シーズンまで一カ月を切った頃、芳野は事故を起こした。

所属する会社にもよるが、事故を起こしたぐらいでは解雇されないのが普通だ。

が、芳野は左足の切断という重傷を負ってしまった。当然、タクシーの運転業務はできない。

リハビリに励み、片足だけでも運転できる車に乗ることは可能だが、そのような猶予も予算も提供してくれるはずがない。

更に、会社側からさりげなくではあるが依願退職を求められ、芳野は行き詰まってしまった。

芳野は優しい男だったが、その優しさは弱さに基づくものであった。悩み抜いた末、芳野は妻を残し、自らの命を絶った。

事情を聞いた玉村さんは、しばらく涙が止まらなかったという。

あまりにも哀れな話に胸を傷めると同時に、会社の対応に腹が立ってきた。

せめて、いつもの顔ぶれで香典を出そうと仲間に持ち掛ける。皆、二つ返事で了解してくれ、玉村さんは再び涙した。

芳野の自宅では、奥さんが出迎えてくれた。

いつも同じ場所にいた運転手仲間だと知り、奥さんは目を潤ませている。

仏壇に見慣れた笑顔が飾られていた。線香を手向け、玉村さんは芳野家を後にした。

通りを曲がるとき、ふと振り返った。奥さんがまだ頭を下げている。その隣に芳野が立っていた。

ああ、死んだ後も奥さんのことが心配なんだな。

そう思い、胸が絞めつけられたという。


翌日。

玉村さんは、いつものように寺に着いた。いつもと同じ顔ぶれと言いたいところだが、一人足りない。

向井という初老の運転手である。

今日は休んだんじゃないかと意見がまとまろうとしたとき、向井の車が正門を通過するのが見えた。

通常なら、そのまま坂を上がり、右に折れて客待ちの列に付く。

だが、向井は左折し、猛スピードで境内に向かう。そのまま石灯籠に激突し、ようやく止まった。

知らせを聞いた警備員が怒声を上げながら車に近づく。

ドアを乱暴に開け、降りてきた向井は、いきなり警備員に殴りかかった。呆気に取られていた玉村さんは、ここで我に返った。

慌てて止めに入ったのだが、唸り声を上げて暴れる向井に近づくことすらできない。

そうこうしているうちに、警察が到着し、向井は取り押さえられてしまった。

そのときである。後部座席のドアが独りでに開いた。中から降りてきたのは芳野であった。

芳野は片足だけで器用に立ち上がり、歩きだした。未だ騒然とする境内を通り抜け、門をくぐった途端、芳野は消えた。

見えていたのは玉村さんだけである。他の者は、事故のことばかり話している。

玉村さんが次に芳野を見かけたのは、客を降ろして事業所に戻る途上であった。

芳野は、信号待ちのタクシーの屋根に乗っていた。片足だけで身じろぎもせずに立っている。

そのタクシーは赤信号なのに、突然走りだした。

当然の如く、交差する車にぶつかり、信号機に衝突して止まった。

降りてきた運転手は、潰れた車を蹴り飛ばし始めた。靴が脱げたのか、裸足である。

警察官に取り押さえられるまで蹴り続けたため、左足が酷い状態になっている。

その間、芳野は屋根の上でニタニタ笑っていた。

その後も玉村さんは、何度か芳野を見かけた。芳野が取り憑いたタクシーは、必ず事故を起こしていた。

本来ならば何らかの手を打つべきなのだが、そうまでしたところで、誰に褒められるわけでもない。

何よりも自分が標的になるのは避けたい。

玉村さんは考えた末にタクシーを降り、運送会社のドライバーに鞍替えした。

美しい石

池内さんの一人息子、秀太君は今年で十四歳になる。四年前から石集めを趣味にしていた。

祖父の水晶に興味を覚えたのが切っ掛けである。

当初は店で購入していたのだが、石の見分けが付くようになってからは、自分で探すようになった。

近所の山に入り、崖を調べ、川原をうろつき、自分好みの石を拾ってくる。

持ち帰った石の汚れを丁寧に落とし、柔らかい布で磨き上げる。

小一時間も経たないうちに、石は見事な輝きを放ちだす。

祖父に褒められたこともあり、秀太君は夢中になった。

夏休みに入り、秀太君は本格的に石を捜し始めた。

宿題を全て終わらせている上に、祖父が全面的に応援しているため、親としては何もいえない。

自転車で半時間程の山が採掘場所である。危険な箇所はなく、その点では安心していた。

八月に入って間もない日、秀太君は昼過ぎに帰ってきた。いつもより三時間以上も早い帰宅だ。どうしたのか訊く母親に返事もせず、秀太君は自室に向かった。

背中のリュックが膨れ上がり、重そうである。良い収穫があったと思える様子であった。案の定、秀太君の部屋から石を取り出す音が聞こえてくる。

やれやれと苦笑し、母親は家事に戻った。

その日を境に、秀太君の石探しはピタリと止み、朝から晩まで自室に引きこもるようになった。

食事やトイレ、入浴などは普段通りだが、それ以外は出てこようとしない。たまに顔を見せても会話がない。

余程良い石が見つかったのだろう。

二、三日はそう言って夫婦と祖父とで笑い合っていたのだが、一週間目の日、食事やトイレにすら出てこなくなった。

さすがにこれは不味い。だが、部屋は施錠されており、話をするには外から呼びかけるしかない。

池内さんは執拗《しつよう》にドアを叩き、秀太君を呼び続けた。返事はない。中で倒れている可能性もある。

あまりやりたくない手段だが、池内さんは合鍵を使うことにした。

「秀太。入るぞ」

室内は真っ暗であった。カーテンを閉めただけでなく、窓に段ボール紙が貼ってあるためである。

それでも、廊下側の電灯が差し込んだおかげで、ある程度は室内の様子が分かる。

部屋に入りかけた池内さんは、思わず足を止めた。

何かある。天井まで届きそうな黒い影だ。池内さんには、それが巨大な岩に見えた。

背後から覗き込んだ妻が悲鳴を上げた。

ところが妻には別のものに見えているようなのだ。しきりに、何であんな大きな蛇がいるのと言っている。

祖父に見えたのは、影でも蛇でもなかった。祖父は、こう喚いたのだ。

「あんた誰だ。ここで何をしている」

呆然と立ち尽くしていた池内さんは、祖父の怒声で我に返った。

まずは部屋の照明を点け、身構える。

先程まで見えていた影は跡形もなく消え、代わりにあるのは大きな石だ。

一見したところ、苔《こけ》の生えたボーリングの球である。

「え。蛇は」

「何だ、この石は」

妻も祖父も、今回は同じように石が見えているらしい。

その石に向かい、秀太君は全裸で平伏している。

池内さんが立つように言ったが、秀太君は身動きもしない。

失禁したのか、床の上に水たまりが広がっていく。慌てて近づき、無理に引き起こす。

案の定、秀太君は意識を失っていた。

全身の力が抜けており、妻と二人掛かりでようやくベッドに寝かせたという。

その間、祖父は険しい顔で石を睨みつけていた。

「これのせいだろう。とりあえず捨ててくる」

石に近づき、腰を落として踏ん張った祖父は、絶叫を上げて仰向けに倒れた。

両方の手が震えている。見ると、指が十本とも折れていた。

池内さんは、どうやって秀太君と祖父を連れ出したか、今でも思い出せないという。

二人とも救急搬送され、三週間程度で退院したが、どちらにも深い後遺症が残った。

祖父はまともに箸も握れなくなってしまった。豪胆な男だったが、今では僅かなことにも怯えてしまう。

秀太君は目を離すと、すぐに平伏する。決まった方角に向け、何事か呟きながら延々と続けるそうだ。

秀太君の部屋は鍵を掛け、入れないようにしてある。

この家で暮らし続ける限り、二人が正常に戻ることはないと分かった池内さんは、家族を連れてアパート住まいを始めた。

多額のローンが残っているため、自宅は任意売却にする予定だという。

それでも、この話をしてくれた頃の池内さんは、まだ未来に希望を持っていた。

家族のために頑張ると笑っていた。


つい最近のことだ。

池内さんは自らの命を絶った。

理由は分からない。

残された家族は、アパートを引き払って自宅に戻ったそうだ。

鎧武者

康孝さんが小学生の頃の話。

康孝さんの実家は、祖父の代まで質屋を営んでいた。

祖父の死後、跡継ぎが見つからず、店を畳むことになった。

質屋が倒産する場合、質物をどうするかは預けた客に訊かねばならない。

貸付金の回収、質物の返却などを行うように法律で定められているのだ。

祖父の店も殆どの品は処理できたのだが、一つだけどうにもならない物があった。

鎧兜である。

かなりの年代物と思われるが、素人が見ても雑な作りは工芸品として無価値であり、歴史的な資料にも成り得ない代物であった。

この鎧の預け主が分からない。台帳に記されていないのだ。

似たような物を預かった痕跡もなかった。

台帳の記入漏れか、或いは祖父が個人的に買い求めたものと思われた。

結局、鎧兜は康孝さんの家が引き取った。父親が、端午の節句に丁度良いと言いだしたのだ。
康孝さん一家は、三人いる子供全員が男であった。
その当時、長男の哲夫は十五歳、次男の信二は十二歳、そして康孝さんが十歳。
父親が鎧兜を見せた瞬間、全員が歓声を上げて喜んだのを覚えているという。
着てみたいと言いだしたのは信二である。
だが、残念なことに鎧は古びて脆くなっており、飾るのがやっとであった。
そもそも、子供には大き過ぎる。兜のほうは何とかなりそうである。
まずは哲夫がかぶった。思ったよりも重くないと喜んでいる。
それだけで強くなった気になるのだろう。玩具の刀を構え、悦に入っている。
次は哲夫、最後に康孝さんの順である。面白がった父が一人ずつ写真を撮った。
今とは異なり、カメラ屋に現像を頼まねばならない。
週末に写真を引き取りに行った父は、青ざめた顔で戻ってきた。
妙なものが写っていたのだという。
兜をかぶった信二を写したはずなのに、顔が違う。
見知らぬ顔が、信二さんの顔に重なって写っている。
暗い目でこちらを睨みつけている中年の男だ。

それだけではない。哲夫も康孝さんも、全く同じように写っていた。
「二度とこれには触るな」
そう言って父は、兜を物置に片付けた。
つい最近まで、康孝さんは一連の出来事を忘れていた。
思い出したのは、信二の葬儀の最中である。
信二は、三十八歳という若さで亡くなった。
くも膜下出血である。
哲夫も三十八歳で亡くなっている。同じく、くも膜下出血であった。
実のところ、この二人以外にも同じ歳、同じ病で亡くなった人たちがいる。
哲夫の友人である。その数、三名。
全員に共通点がある。鎧兜が来た翌日、哲夫が友人たちに兜を自慢していたのだ。
その友人たち全員が兜をかぶって遊んでいた。

康孝さんは再来年、三十八歳になる。
無駄とは思いつつ、禁煙し、酒を遠ざけ、血圧に注意する毎日を過ごしているという。

豆腐

去年の春、優子さんを絶望が襲った。

優子さんは夫と息子の隆君、それと姑を含めて四人で暮らしている。

隆君が一歳になったのを切っ掛けに、優子さんは職場復帰を果たした。

本音をいうと育児に専念したいのだが、収入を増やさなければ自宅のローンが返せなくなる。

それにも増して問題なのは姑である。姑は見栄っ張りで、友人に会うときは必ず新しい服を着ていく。

これが馬鹿にならない金額であった。夫が度々注意してくれたのだが、年寄りのたった一つの楽しみを奪うなと言い返されてしまう。

「あんたらが留守んときは孫の面倒を見てるんだから。ベビーシッター代だよ」

おまえがいなけりゃ、私は育児に専念できるかもしれないのよ。面倒見てるって、殆ど保育園に預けてるじゃない。

そう言い返したくなるのを無理に飲み込み、優子さんは毎日を乗り越えていた。

春になり、少し油断したのが悪かったのか、隆君が風邪を引いてしまった。

大事を取って保育園は休ませることにしたのだが、姑が不満そうに眉間に皺《しわ》を寄せて文句を言い始めた。

「今日はお友達と約束してたのに。新調した袷の着物が台無しだわ」

そこを何とかお願いします、できるだけ早く帰りますからと頭を下げて優子さんは出勤した。

抱えている案件をがむしゃらに片付け、無理なものは他の人にお願いし、昼食も抜きで午後には退社できたという。

急ぎ足で帰宅した優子さんは絶句した。姑がいないのだ。

隆君は急激に悪化したらしく、全身が痙攣《けいれん》している。枕元には吐瀉物が散乱し、呼びかけても返事がない。

救急搬送され、医師から告げられた病名はインフルエンザであった。

脳症の可能性があり、発見が遅ければ死んでいただろうとのことである。

夫は息を切らして駆けつけてきたが、この時点になっても姑からは連絡がない。着信履歴を完全に無視しているのだ。

救急搬送されてから三十分後、ようやく電話が入った。状況を知った姑が、最初に発した言葉はこうである。

「あらま大変」

それから更に二十分後、姑は薄緑色の着物で現れた。友達と食事をしていたらしい。さすがに責任を感じているのか、しおらしい顔つきである。

が、そのしおらしさも一瞬のものであった。問い詰められた姑は、憮然とした表情に切り替え、反論を開始した。

風邪だと思っていた。よく寝てたから、二時間ぐらいなら大丈夫かなって。

優子さんは、言いたいことが多過ぎて整理しきれなくなった。言葉が喉に詰まり、何も言えないまま姑を見つめるしかなかったという。


一命を取り留めた隆君だったが、重い後遺症が残ってしまった。

寝たきりになり、時折激しい痙攣を起こす。可愛らしかった笑顔は消え、親の顔すら分からない状態である。

優子さんは会社を辞め、付きっきりで看病に徹するようになった。

姑がおとなしくしていたのは、ほんの数カ月であった。

夏に入り、日増しに暑さが増してきた頃。

隆君の身体を拭き終わった優子さんに向かい、姑は申し訳なさそうに言った。

「ちょっとだけ出かけてくるわね。懐かしい友達から連絡があったの」

優子さんは、ぼんやりと姑を見ながら、こんなことを考えていたという。

何を言っているのだろう、こいつは。隆はもう何日も何日も寝たきりなのに。

懐かしい友達だと。隆は友達なんか一生できないかもしれないのに。

許せない。こいつの脳味噌を潰してやりたい。

優子さんは、自分の指先が姑の頭蓋骨を突き抜け、脳味噌を握る場面を想像した。頭が痛くなるほど強く念じた。

その瞬間、指先が何かに触れた。豆腐のような弾力のあるものである。

少しだけ動かしてみる。姑が突然、額を押さえて座り込んだ。

驚いた優子さんが助け起こすと、姑はぼんやりと立ち上がった。

「何だろう、急に頭が痛くなった。もう大丈夫だから出かけてくるわ」

優子さんは返事も忘れ、自らの指をじっと見つめていた。

そのときから、優子さんは練習を積み始めた。

姑の脳味噌に触れた力が、自らの念によるものか、或いは生霊と呼ばれるものか。

それはどうでも良い。ただひたすらに磨き上げるだけである。

脳機能に関しても熱心に勉強している。間違っても、介護などしたくないからだ。

現在、姑はあれほど大好きだった着物に関心がない。毎日、同じ服を着ている。

そもそも、自分一人で服が着られなくなっている。

視力もゆっくりと落ちていき、左半身が痺れて感覚がなくなっている。

何事にも関心が持てなくなってきたせいか、起きてから寝るまで椅子に座っている日が多くなってきた。

隆君のリハビリは順調だが、これから先の見通しは立っていない。

絶望に負けそうなときは、姑を弄ってストレスを解消する。

ぐしゃぐしゃにしてやりたい衝動に襲われるときもあるが、そんなときは豆腐を握り潰すという。

おかげで豆腐料理の種類が増えた。

ちなみに得意なのは豆腐ハンバーグとのことだ。

我が子同然

何年か前のことである。

知り合いの一人、亜沙子から呼び出された。除霊に関する相談とのことだ。

それほど詳しくはないし、そういった能力を持つ知り合いもいないと断ったのだが、話を聞いてくれるだけでもいいという。

何とも切羽詰まった声に、私は重い腰を上げた。

待ち合わせ場所にいた亜沙子を見て、私は息を呑んだ。異様に痩せていたのである。

亜沙子は力なく微笑み、おもむろに話し始めた。


亜沙子が嫁いだ先は、とある村で長い歴史を持つ一族であった。

結婚前は普通の男に見えていた夫は、新婚生活が始まった途端、両親に宣言した。

「こいつには男を産ませます。女は我が子と認めません」

義父は笑顔で頷き、義母は冷ややかに亜沙子を見た。

身籠もるまでの二年間は、針の筵《むしろ》だった。村人から遠慮のない、辛辣な言葉が投げつけられたという。

幸太郎が産まれたおかげで、亜沙子は人として認められた。

それどころか、跡継ぎを産んだことで、一族内での地位が一気に上がったのである。

いわば、幸太郎は亜沙子の命綱であった。

幸太郎の五度目の誕生日を終えた直後、事件が起こった。

降り続いた雨がようやく止み、亜沙子は洗濯に取り掛かっていた。

少し離れた場所で、幸太郎はおとなしく遊んでいる。

全て干し終わり、ふと見ると幸太郎がいない。

家の中は、何処を探しても見つからなかった。お気に入りのズック靴がないところから察するに、外に出たことは間違いないようだ。

五歳の子供の足である。それほど遠くに行けるはずはない。

まずは近くの公園。見つからない。散歩の途中、犬と遊ぶために立ち寄る家にもいない。

残る心当たりといえば、田圃の横を流れる小川だ。幸太郎は、そこでメダカや蛙を見るのが大好きであった。

転げそうになりながら亜沙子は走った。

普段は穏やかな小川が、長雨で増水し、激流と化している。足を滑らせて落ちたら、間違いなく助からない。

殆ど悲鳴のような声で幸太郎を呼びながら、亜沙子は尚も走った。

二十メートルほど進んだところで足が止まった。

川沿いに見慣れた青いズック靴がある。幸太郎が大好きなアニメのキャラクターが描かれたズック靴だ。

見つかったのは右だけだ。左側は見当たらない。目の前の激流を見つめ、亜沙子は呆然と立ちすくんだ。

「いやだ。そんなのいやだ。いやだ」

我に返った亜沙子は、そればかりを繰り返しながら自宅に戻った。

警察と消防署に通報し、仕事中の夫にメールを入れ、最後に義父母へ電話を掛けた。

状況を説明している最中にも拘わらず、義父は怒声を上げた。

幸太郎に何かあったら、貴様を殺す。そこまで言われた。

言われなくとも死んでやるわ。

そう呟きながら、亜沙子は皆が到着するのを待った。

最初に現れたのは義父であった。実家は歩いて数分の場所にあり、当然といえば当然だ。

駆け寄ってきた義父は、亜沙子の髪を掴み、引きずり回した。

「何をしている。さっさと探しに行かんか。この人殺し」

罵声を浴びせながら、四つん這いの亜沙子の尻を蹴り飛ばす。

いつの間にか帰宅していた夫は、黙ったままで止めようともしない。

警察と消防署が到着しなければ、亜沙子は殴り殺されていたかもしれない。

消防署員たちが現場に向かおうとしたとき、義母が遠くを指差しながら歓声を上げた。

その声につられ、全員の視線が向かった先に幸太郎がいた。

ふらつきながら、こちらに向かってくる。

ずぶ濡れで、しかも裸足である。駆け寄ろうとした亜沙子を押し退け、義父が幸太郎を抱き上げた。

狂喜乱舞する義父母と夫をぼんやりと見ながら、亜沙子はゆっくりと気を失っていった。


その日から幸太郎の様子がおかしくなった。

食べ物の嗜好が変わり、なかなか寝ようとしない。それぐらいなら良い。

幸太郎は徐々に暴力的になってきた。お気に入りの玩具を全て破壊し、壁を蹴り破り、溺愛していた猫を壁に投げつける。

そのような行動に対し、義父も夫も口を揃えて、男の子は多少乱暴なぐらいでいいと笑う。

幸太郎は亜沙子にも手を出すようになってきた。

小学校に入り、幸太郎は学内一の問題児と呼ばれるようになった。

何か事件を起こす度、学校に行くのは亜沙子の役目である。

義父は勿論、夫も仕事にかこつけて行こうとしない。

二学期早々、例によって亜沙子は学校に呼び出された。幸太郎が、同じクラスの女子の背中を鉛筆で刺したという。

相手方の親に謝罪したが、警察沙汰にすると言われ、亜沙子は額を地面に擦りつけて土下座した。

帰り道、亜沙子は家を通り過ぎ、ふらふらと目的地も決めずに歩き続けた。

しばらく行くと、見覚えのある場所に出た。

あの日、幸太郎の靴を見つけた川だ。青い靴を見つけた瞬間の気持ちを今でも思い出す。

帰ろうとして亜沙子は気付いた。川の中に、墓石のようなものがある。

名前が刻まれているようだが、苔にまみれているため、一部分しか読めない。

墓石の主は貞夫というらしい。

この墓石が守ってくれたのかもしれない。そう思った亜沙子は、そっと手を合わせた。

その瞬間、何処からか声が聞こえた。

「おかあしゃん」

幸太郎の声だ。思わず顔を上げ、周りを見渡す。いるのは自分だけである。

立ち上がり、川に背を向け歩き出す。

「おかあしゃん」

また聞こえた。今現在の幸太郎の声ではない。五歳の頃の声だ。

亜沙子は思わず振り向いた。川の中に幸太郎が立っていた。丁度、沈んでいる墓石の上だ。

近づこうとした瞬間、幸太郎は消えた。

それきり、何度呼びかけても現れようとはしなかった。亜沙子は泣きながら家に戻った。

テレビを見ていた幸太郎が、振り返って言った。

「おかあさん、おかえりなさい」

声も外見も、間違いなく幸太郎だ。幸太郎はお腹が空いたと訴えている。

一人で寂しかったと甘えている。

亜沙子は、幸太郎の目を見つめながら呼びかけた。

「貞夫」

幸太郎は何も答えず、またテレビに向かった。

しばらくの間、亜沙子は幸太郎のようなものをじっと見つめた。
それから、のろのろと食事の用意に取り掛かった。

話し終えた亜沙子は、一つだけ質問をしてきた。
もしも除霊に成功したら、幸太郎はどうなるだろう。
抜け殻になってしまい、元には戻らないのか。
分からないと答えると、亜沙子は静かに涙を流し、一礼して出ていった。
今でも亜沙子は大切に幸太郎を育てているそうだ。
そうするしかないという。

白足袋

静子さんは祖母と仲が良かった。

初孫で、しかも女の子だからということで、特別に可愛がられていた。

祖母と母も、表面上は仲の良い嫁姑に見えた。だが、静子さんは、それぞれの言動に潜む小さな棘《とげ》に気付いていた。

それが嫁姑問題だと分かっていたが、静子さんは敢えて触れないようにしていた。

十四歳の夏、祖母は亡くなった。長期の入院の末である。

父は覚悟ができていたらしく、既に会社には休暇届を出していた。あとは支度を調え、車を走らせるだけである。

毎年の帰省を心底嫌がっていた母は、いそいそと助手席のドアを開けている。

あまりにも露骨な態度に、静子さんは苦笑をこらえながら後部座席に座った。

高速道路を降り、しばらく進んだところで父が妙なことを言いだした。

「おまえら、うちの田舎の葬式出るの初めてだったよな。実はな、掟があるんだよ。一応、教えとくわ」

一体何を言いだしたのかと二人が見つめる前で、父は話を続けた。

葬儀の間、顔を隠さねばならないという。

使用するのは白い布。被るのではなく、額に結わえ付け、のれんのように垂らすのである。

「面縛って言う。穢《けが》れから身を守るためらしい。それをやらないと祟られるそうだよ」

静子さんは大袈裟に怖がるふりをしたが、母は俯いて口を閉ざしている。

結局、母は到着するまで一言も口を利かなかった。


葬儀会場は実家近くの公民館である。

手伝ってくれている近所の人たちに会釈し、父は中に入った。

母と静子さんも後に続く。居並ぶ親族たちと軽く会話を交わしながら、祖母の棺へと進む。

おかしな言い方だが、祖母は活き活きと死んでいた。

呼びかけたら目を開けそうなぐらいだ。

覚悟は決めていたとはいえ、実際に目の当たりにした父は悲しくなったのだろう。

今にも泣きだしそうに声を震わせ、祖母を呼んだ。それを聞いていた静子さんは、もらい泣きしそうになり、そっと横を向いた。

隣に座っている母は、硬い表情を崩さず、俯いたままだ。

控え室では故人の思い出を語り合っている。そうこうするうち、半時間ほど過ぎた。

「さて、それではそろそろ始めますかいの」

男性が一人立ち上がり、場を仕切りだした。

皆、てきぱきと用意を始める。父もその輪に入ってしまったため、静子さんと母は部屋の片隅で待つことにした。

控え室の机に、古びた朱塗りの文箱が置かれた。

中には、白い布の束と黒い紐が入っていた。

それぞれが布と紐を一組ずつ取り、会場に向かう。父から手招きされ、静子さんと母も会場に入った。

手渡された布は使い込まれて黄ばんでいたが、清潔に保たれている。

材質は絹のようだ。中心に、何かの文字と印が記されてある。

「貸してみろ。結んでやる。出棺するまで外さないように。足元しか見えないから、移動は気を付けて」

布で覆われただけだが、思った以上に視界が奪われる。殆ど真下しか見えない。

やらないと祟られるというのは本当だろうか。何が起こるのだろう。

考えれば考えるほど、静子さんの不安は大きくなっていったという。

僧侶がいないため、読経は全員で行うようだ。

経本が配られている様子はなかった。もっとも、経本があったところで見えないから役には立たない。

皆、完璧に覚えているらしく、よどみなく読経は進む。

父が喪主のため、静子さんが座ったのは祖母の棺の正面である。

当然、前には誰もいないはずだ。

それなのに何かが動く音がした。すぐ近く、祖母の棺の辺りである。

皆には聞こえなかったらしく、読経は途切れることなく続いている。

再び音がした。ハッキリと聞こえた。棺に何か当たった音だ。

何かが落ちたのかもしれない。拾ったほうが良いのだろうか。

いや、前が見えない状態で動き回るのは危険だ。父に言えば良いかもしれない。

判断に迷う静子さんの前で、三度目の音がした。

足音である。

畳の上を擦るように近づいてくる。

足音は、静子さんの前で止まった。静子さんの膝のすぐ近くに立っている。

白い着物に白い足袋を履いている。小さな足だ。

見えるのはそれぐらいだ。前に立たれているだけなのに、何かが乗ってきたように肩が重い。

それと、種類は分からないが花の香りがした。

足袋は静子さんから離れ、右隣に向かった。その途端、肩が軽くなった。

足袋は、静子さんの母の前で動かなくなった。

読経が終わり、何人か立ち上がって前に向かったようだ。

棺に蓋が乗せられ、釘を打つ音が聞こえてきた。

その瞬間、足袋は消えた。

「よし、出棺じゃ。皆、縛を解いてよし」

布を外して良いのだろうと判断し、静子さんは恐る恐る紐を解いた。

良かった。何もいない。母は大丈夫だったろうか。

横を向くと、母はまだ布を着けている。

「母さん、もう取っても良いんだって」

動かない。

「母さん」

肩に触れた途端、母は立ち上がって絶叫した。


そこから先の出来事を静子さんは、今でも鮮明に思い出せるという。

母は、顔を覆ったまま座敷を暴れ回り、何人かに抑えつけられた。

布を剥ぎ取られると、母は笑みを浮かべながら悲鳴を上げていた。

とりあえず病院に連れていこうと話が決まり、父が車を取りに走った。

静子さんは泣きながら母に声を掛けていたのだが、ふとおかしなことに気付いた。

畳の上に、母が使っていた布が落ちている。

何か違和感がある。拾い上げて調べてみた。

他の布と違い、真新しい。新品と言っても良いぐらいだ。しかも、その布には何も記されていなかった。

ということは、役に立たなかったのではないだろうか。

何故、母にだけ、こんな布が配られたのか。

静子さんは、嫌な想像しか思い浮かばなかったという。

戻ってきた父は、必死に母を抱きかかえ、車に乗せた。

付き添う静子さんが持っている布に気付いた父は、それを引ったくり、ポケットに突っ込んだ。

結局、静子さんは布のことを訊けずに終わった。

入退院を繰り返した母は、何とか日常生活を取り戻せるまでに至った。

その代わり、父は家に帰らなくなった。

最近は母娘二人で暮らしている。

穏やかな毎日だが、今でも母は足袋を恐れている。

店頭で売られている足袋を見るだけでも、子供のように泣きだすらしい。

生肉

今から七年ほど前のこと。

矢野さんはケーブルテレビ会社の工事部門で働いていた。

その日、矢野さんは同僚とともに、とある町に向かっていた。

その一帯は、近隣に建てられた高層ビルの影響で電波障害が発生し、町ぐるみで共同アンテナを利用していた。

アナログ放送廃止でそれが使えなくなり、ケーブルテレビ配信に切り替えることになった。

一括で受注できたのが、矢野さんが勤める会社だ。総世帯数七十二のうち、共同アンテナを使っているのは二十五。

忙しいのは確かだが、同じ範囲にまとまっている分、移動に時間を取られなくて済むのは有り難い。

矢野さんは同僚とともに、一軒目の家を訪ねた。

事前に貰ったリストによると、老人だけの世帯が多い。ここもその一つである。

現れたのは、小太りの老婆であった。耳は達者なようで、矢野さんが会社名と用件を名乗ると、すぐに中に入れてくれた。

散らかしていて申し訳ないと詫びながら、老婆はテレビのある部屋に向かう。

凡その部屋の状況を確認し、作業に取り掛かった。

追加の配線は必要ないように思える。念の為、既存の配線を辿っていく。

何となく、仏壇が目に入った。小さな仏壇だが、綺麗に磨き上げられている。埃一つない。

が、妙なことが一つ。有り得ない物が供えてある。

白磁の皿に、一塊の牛肉。所謂ブロック肉だ。三百グラムはある。

おかしいといえばおかしいが、故人が好きだったのかもしれない。

同僚も気付いたらしく、目配せしてくる。気にはなるが、面と向かって訊ねるわけにもいかない。

矢野さんは作業に集中し、いつもより早く工事を終えた。

「なあ見たか、あれ。仏壇に牛肉って」

「俺はカツ丼を供えてほしいけどな」

軽口を叩きながら次の家に向かう。営業が作った資料によると、住人は八十二歳の老人である。

先程と同じく、おおまかな話は済ませてあるため、段取りよく作業は進んだ。

書類に捺印してもらい、玄関に向かう途中、同僚が矢野さんの袖を軽く引っ張った。

振り返ると、あれを見ろとばかりに顎先で合図している。

小さな部屋に仏壇が置いてある。白磁の皿に、一山の肉。今度は豚肉が堆《うずたか》く積んであった。

外に出た矢野さんは、黙ったまま歩きだした。追いついてきた同僚も黙り込んだままだ。

どちらともなく口を開いた。

「また、生肉だったな」

「ああ。何だろな、あれ。神社とかならありそうだけど」

矢野さんも同僚も、仏壇に生肉などという習慣は聞いたことがなかった。

嫌な予感を抱きつつ、次の家に向かう。今度の家は中年女性が応対に出てきた。

部屋数の多い家だ。テレビは居間に置いてあるという。居間の片隅に仏壇があった。

ちらりと目をやるだけで分かった。白磁の皿に肉だ。ステーキ用の牛肉である。

これで三軒目だ。極めて自然に供えられてある。家人も全く気にしていないようだ。

ということは、常にこういう状態なのだろう。

理由が知りたくてたまらないのだが、矢野さんは何とか作業を終えた。

同僚も同じ思いだったらしい。家を後にした途端、矢継ぎ早に話しだした。

あれは何なのか、何の理由があるのか。

無論、矢野さんに分かるはずがない。とりあえず、さっさと作業を終えて、この町から出よう。

そう提案すると、同僚は大きく頷いた。

結果として、仏壇に生肉を供えていたのは十九軒。残りの家は仏間が確認できなかった。

全ての作業を終え、矢野さんは車に乗り込んだ。会社に戻るまで、二人とも口を利かなかった。

翌日から新たな地区が待っており、作業に没頭しながらも、仏壇のことは忘れられなかったという。

それから二年後、矢野さんは久しぶりに例の地域へ向かっていた。

新築の家に回線を敷くためだ。住人は新婚夫婦である。

うら若い奥さんが応対に出てきた。作業を進めながら、矢野さんは我知らず仏壇を探していた。

見当たらない。どうやら、仏壇そのものを置いていないようである。

考えてみると、ここは新婚夫婦の家だ。今のところ、仏壇は必要ない。

作業を終え、車に乗り込んだ矢野さんは、辺りの家を見渡しながら考えた。

ここにある家全部が仏壇に生肉を供えている。見ていない家もあるが、間違いなく全部がそうだろう。

そんな中、生肉を供えない家がある。何が起こるのだろうか。

気にはなるが調べようがない。矢野さんは、何となく溜め息を吐いてエンジンを掛けた。

何が起こるか判明したのは、それから間もなくのことである。

修理のために、例の町に向かったときのことだ。前回、一番最初に訪問した小太りの老婆の家である。

新婚夫婦の家から、奥さんが出てくるのが見えた。酷く疲れて見える。

修理を終えた矢野さんは、老婆にそれとなく訊いてみた。

「ああ、あのお宅ね。可哀想に御主人が御病気でねぇ……ゲッソリ痩せちゃって。あれはきっと癌だね、間違いないよ」

したり顔で言う老婆に、少し腹が立った矢野さんは、思い切って質問をぶつけた。

ここら辺の家が、仏壇に生肉を供えるのは何故ですか。

老婆は、さも当然といわんばかりに答えた。

ああしとかないと、嫌な病気になっちゃうの。

「それ、あのお宅に教えてあげてないんですか」

「だってあそこ、ゴミ出しのルール守んないのよぅ」

老婆はケラケラと笑った。

矢野さんは、その足であの家に立ち寄り、教えてあげようと思ったそうだ。


いや待てよ。

癌になる前ならいざ知らず、今更教えたところでどうにもならないだろう。

それに、何がそうさせるのか分からない。

この町には、今後もメンテナンスとかで来るだろうし。

得体の知れない何かの恨みを買うのは御免だな。

そこまで考えて矢野さんは、何もしないまま会社に帰った。

犬死に

怪談仲間である田沼の話である。

田沼は、友人から頼まれ、とある御家族の相談に乗ることになった。

相談者は山下利美さん。娘さんに関することらしい。

事前に聞いた相談内容は田沼の手に余るものであり、丁重にお断りしたのだが、利美さんは何かしらの知恵が欲しいという。

できれば、多くの人に知ってもらいたいとも言われたそうだ。

筆の苦手な田沼に代わり、一篇の話にさせてもらった。


山下家は三人家族である。

父は耕三、母は利美、そして一人娘の美鈴。

美鈴は幼い頃から手がかからず、スポーツ万能で学業も優秀、率先してリーダーを引き受けるような子であった。

両親の期待を裏切ることなく、一流大学に合格した。そこまでは順風満帆の人生である。

だが、三回生の頃から美鈴の様子がおかしくなってきた。

深夜に帰宅する日が増えてきたのだ。異性関係か、妙な遊びを覚えたかとしか考えられない。

本人に訊いたのだが、黙り込んでしまい埒が明かない。耕三にも利美にも、子供の自主性を重んじて育ててきた自負がある。

怒鳴りつけてまで訊くのは、妙な言い方だがプライドが許さなかった。

そんな身勝手な理由を重んじた耕三は、身辺調査の業者を使って娘の言動を探った。

結果、意外な事実が分かった。美鈴はボランティア活動を行っていたのである。

何人かの男女とともに、独り暮らしの老人宅を清掃し、身の回りの世話をしていたという。

耕三と利美は己を恥じ、このことに関して触れないようにした。

それが誤りだと気付いたのは、二カ月後である。

親に注意されなくなった美鈴は、以前にも増して活動に身を入れ始めた。

日常生活がおかしくなってきたのもその頃である。まず、服装に無頓着になってきた。

清潔感のある服装を好んでいたはずなのに、何日間も同じ服を着続ける。

食事の好みも変わった。肉や卵を食べようとしない。珈琲や紅茶などの嗜好品も摂らない。

家にいるときは自室にこもり、聞いたことのないお経を上げている。

あまりにも気になった利美は、美鈴が出かけたときに掃除と称して部屋に入った。

真っ先に目に付いたのは、壁に貼られた写真だ。真っ白な服に身を包んだ老人が、優しげに微笑んでいる。

机の上には仏像と燭台。それと『会いに行き、愛に生きる』と書かれた小冊子が置いてある。

小冊子の表紙は、壁の写真と同じ老人だ。

ここまで揃っていれば、自ずと答えは出る。美鈴が参加しているのは新興宗教であった。

その夜、耕三は帰ってきた美鈴を問い質した。その途端、美鈴は激怒した。

何故勝手に部屋に入ったのか。あんたらは子供を信じないのか。だったら私は、私を信じてくれる人に付いていく。

止めようとする耕三に噛みつき、利美を殴り付け、美鈴は家を飛び出した。

そして二度と帰らなくなった。

耕三と利美は、美鈴がいる場所を突き止め、何度も訪ねていった。

応対に出てくるのは、あの老人である。老人は困った顔で、いつも同じ返事を繰り返した。

「御本人様が帰らないと仰ってましてね。私どもが無理に引き留めているわけではありません」

あくまでも本人の意思によるものだと主張する。苛ついて上がり込もうとした耕三は、住居侵入で警察を呼ばれてしまった。

ここは新興宗教で、娘が監禁されていると訴えたのだが、話にならない。

老人は穏やかにこう言った。

我々は宗教団体として登録などしていない。自主的なボランティア団体であり、会費なども貰っていない。

偶然にも同じ神様を信じているだけである。

今、十五名ほど参加者がいるが、皆それぞれの御家庭を大切にし、暇な時間を活動に充てている。

たまたま、ここの御家庭の事情で娘さんが家を飛び出したらしいが、それは我々の知らぬところである。

成人である本人の意思を尊重するしかない。

親御様のお気持ちは痛いほど分かるが、無理矢理連れ帰っても同じことの繰り返しになるのではないだろうか。

どちらが正しいかは一目瞭然である。引き下がるしかなかった。

美鈴は大学を中退し、活動にのめり込んでいった。風俗業に身を投じ、生活費を稼ぐようになっていた。

耕三も利美も何とかして娘を取り戻そうと、ありとあらゆる手段を講じたが、全く歯が立たない。

相手が新興宗教として名乗りを上げてくれれば、まだ何かしら進展が見られたかもしれない。

山下家に新たな不幸が訪れたのは、美鈴が家を出てから一年後のことである。

その頃、耕三は頻繁に起こる腹痛に悩まされていた。全て美鈴のことが原因だろうと安易に考え、病院に行かなかった。

それが間違いであった。診断の結果は直腸癌であった。

まだ幾らでも治療が可能な状況だったにも拘わらず、耕三は治療を拒み、自宅で死を迎えると宣言した。

「あいつが神様を武器にするなら、俺は悪霊になって憑き殺してやる」

どのように説得しても聞く耳を持たない。見ていろ、地獄に引きずり込んでやるの一点張りであった。

疲れ果てた利美さんは、夫を説得するための知識を求め、様々な人に相談してきた。

その一人が田沼であった。

田沼は、怪談好きな一市民である。祟りや呪いにまつわる話も多数知っているが、それを実証できる資料などは持ち合わせていない。

ただ、人の思いというのは大変に強烈であり、特に負の思いが持つ力は凄まじいものだと伝えたそうだ。

利美さんは、ああやはりと一言呟き、静かに微笑んだ。

利美さんからは、その後も度々連絡が入った。淡々と状況を報告するような内容である。

何故、このようなことを教えてくれるのかと訊く田沼に、利美さんはこう答えたそうだ。

「夫の思いを皆に知ってほしいから」

今日、夫は自分の血を使って半紙に何か書いてました。あいつの写真をこれで包めというので、そうしました。

今日、夫は自分で歯を抜きました。これをあいつの家の玄関に埋めてこいというので、夜中にそっと埋めてきました。

今日、夫は自分で爪を剥ぎました。ベッドが血だらけになって困りました。これはあいつの家の北側に埋めてこいということでした。

今日、夫は大量に下血しました。もう長くないみたいです。

今日、夫は死にました。死ぬ直前、物凄く大きなげっぷをしました。その後、楽しそうに笑って死にました。

それを最後に連絡が途絶えたのだが、きっかり半年後、利美が直接やってきた。
酷く痩せた利美は、何を考えているのか分からない表情で、ぼそぼそと言った。
「夫は勝ちました」
老人が死んだらしい。枕元に立った夫が嬉々として教えてくれたという。
夫の隣に老人が立っていた。というより、夫と融合しているように見えたそうだ。

しかしながら、美鈴さんは自宅に戻っていない。
老人の遺志を継ぐ者たちは、今もあの家に残って活動を続けている。

減らない絵馬

東條さんは、とある町役場の観光課に勤務している。

課長の東條さんと、福本という若い部下だけの部署である。

観光課があるのも不思議なぐらい、何もない田舎だ。名の知れた寺も遺跡もなく、著名人も皆無、美味い特産品もない。

けれど、『何もない』があると自嘲している場合ではない。

この春、観光課の存続に関する事態が訪れた。

もう一度、地域をくまなく探し、観光の目玉を作れという指示が出たのである。

東條さんは福本を連れて町に出た。福本は文句を言いながら運転している。

「目玉なんかあるわけないですよ。僕、そんなもの見たことないです」

全く同意見だが、諦めるわけにはいかない。東條さんは、この指示が観光課を廃止するための仕事だと分かっていた。

辞めてたまるかと気合いを入れ、地図を広げる。良さそうな現場を片っ端から調べていくしかない。

だが、その程度で見つかるのなら、既に有名になっているはずである。東條さんの期待を裏切り、福本の予想通り、観光客を誘致できるようなものは何一つ見つからなかった。

疲れ果てた東條さんは道端に車を寄せ、ぼんやりと外を眺めた。

福本は諦めたのか、隣で携帯電話を弄っている。

と突然、福本が素っ頓狂な声を張り上げた。

「あった。ありました、東條さん。ここどうですかね」

福本が差し出す携帯電話には、何処とも知れない洞窟が写っていた。

福本は携帯電話を使い、友人全てに問い合わせていた。その中のひとりが、有力な情報を送ってくれたのである。

町の南西に見える山の中腹に、その洞窟はあるらしい。

メールには、洞窟の内部に神社が作られており、そこに大量の絵馬が奉納されてあると記してあった。

「実際に見たら驚くよって書いてあります」

これは使えるかもしれない。勢い込んだ東條さんは、車を山に向けた。

意気揚々と車を飛ばしていく。途中、冗談を交わす余裕すら生まれていた。

麓に到着し、まずは周辺の環境を調べる。人家は少なく、店などもない。道も車がようやくすれ違うぐらいの幅だ。

色々と難しい面はあるが、住民が少ないほうが工事はやりやすいかもしれないと思い直し、東條さんは山道に入った。

個人所有を示す標識は見当たらない。国か県の所有物と思われる。意外と歩きやすい山道である。

沢山の人が踏み固めた痕跡が残っている。世に知られていないだけで、結構有名な洞窟なのかもしれない。

途中、景色の良い場所も幾つかあった。整備すればハイキングコースとしても最適に思える。

おかげで迷うことなく、洞窟まで辿り着けた。画像で見たよりも風格のある外見である。縦横とも、大人が並んで歩けるぐらいの余裕はある。奥行きは十メートルほど。外部から既に神社らしきものが見えている。

福本に情報を送ってくれた友人からの追報によると、洞窟は元々この場にあったとのことだ。

そこに、誰かが勝手に神社を作ったとある。それはそれで厄介ではあるが、いっそのこと町が主体になって改築してもいい。

とりあえず二人は中に入った。入ってすぐに目に入ったのは、大量の絵馬である。

神社自体は勿論、洞窟の壁面にも絵馬が貼り付けられている。既製品ではなく手作りのようだ。

ただ単に四角い板を絵馬として使っているものもある。何とも異様だが、印象深い眺めである。

神社は素人が作ったにしては丁寧で立派な仕上がりだ。これなら特に手を加えなくても公開できそうだ。

これはいけるかもしれないと喜んだのも束の間、東條さんは異様なことに気付いた。

もう一度、絵馬を手に取ってみる。もう一枚。更にもう一枚。

東條さんに言われ、福本も手当たり次第に調べていく。途中で嫌になったらしく、苦虫を噛み潰したような顔で座り込んだ。

間違いない。ここにある絵馬に記されているのは、全て呪いの言葉だ。

ライバルの失敗を願う者。上司の失脚を願う者。夫と浮気相手両方の不幸を願う者。寝たきりの姑の死を願う者。

この洞窟は、誰かが誰かを呪う絵馬で満ちている。

中には髪の毛を括りつけたり、相手の写真を貼り付けた絵馬もある。血で書かれたと思しきものもあった。

東條さんは福本の顔を見つめ、溜め息を吐いた。

「これ、無理だよな」

「そうですね……いや、いっそですね、この絵馬全部捨てちゃって、観光地として公表しましょ。そしたら、こういう連中は来られなくなるでしょ」

東條さんは再び福本の顔を見つめた。今度は違う意味の溜め息が出た。感心したのである。

なるほど、それは良い。こういう所は、秘密だからこそ使われるのだろう。観光客がうろうろしたら、やりにくくて仕方ないに決まっている。

東條さんは一旦役場に戻り、計画を練ることにした。

まずは上司に報告である。目玉になりそうな良い資源があったと報告すると、上司は驚きを隠そうともせずに東條さんを見つめた。

呪いの絵馬のことは伏せたまま、洞窟と神社のことを話すと、上司は身を乗り出した。

是非とも同行したいと言われ、東條さんは焦った。呪いの絵馬を見られたら全て終わりである。

たとえ全て排除するとしても、印象の悪さは否めない。だが、明日の昼過ぎなら時間が取れるとまで言われた以上、断る術がなかった。

東條さんから事情を聞いた福本は、満面の笑みを浮かべた。

そういうことなら、今すぐ戻って全部片付けてくると言い残して出ていった。


それから二時間後。警察から電話が入った。

福本が猛スピードで電柱に衝突し、即死したという連絡であった。

車のトランクから大量の絵馬が見つかったという。

おかげで東條さんは、しばらく神社に行けなくなった。福本が抱えていた仕事を整理し、上司を連れて山に向かったのは葬儀の十日後である。

福本の死に、神社が関わっている気がしてならない。気が重いのは確かだが、仕事は仕事として成功させなければならない。

むしろ、敵討ちのような気持ちで東條さんは山に向かった。

上司は一々感心しながら後を付いて登ってくる。いよいよ洞窟が見えてきた。

「ほお、あれか。なかなか風情があるな」

喜ぶ上司に相槌を打ちながら、東條さんは洞窟に近づいた。次の瞬間、東條さんは茫然と立ち尽くした。

福本が命がけで片付けたはずの神社が、呪いの絵馬で飾られていたのだ。

どれも真新しい絵馬ばかりである。その数は優に二十を超えていた。

僅か十日間の間に、二十人もの人がここを訪ねてきたわけだ。

上司がその一つ一つを手に取り、内容を確認した後、ゆっくりと振り向いて言った。

「えらく変わった神社だが、観光地にはなりにくいだろうな」

結局、その洞窟は候補地から外された。

一から出直しだが、当然の如く次の候補地は見つからない。

東條さんは自ら配置転換願いを出し、無事に受理されたという。

課長職は解かれることになるが、働けるだけマシと考えるしかない。

観光課として最後の日、東條さんは終業後も居残って机を片付けていた。

ふと顔を上げると、福本が立っていた。

身体中に絵馬をぶら下げた福本は、東條さんを睨みつけていた。

無差別

高橋さんが生まれ育った村には、古くから伝わる祭があった。

豊作祈願の祭と言われていたが、それはあくまでも表向きである。

本来の目的は別にあった。公にできることではなく、文献は一切残されていない。

全てが口伝によって、連綿と受け継がれてきたという。

この祭に神輿や山車などはない。小さな村であり、神社もまた小さいからだ。

代わりとして、様々な舞いが奉納される。巫女役の女性による神楽舞から始まり、子供たちの稚児舞や、狐面を被った舞いなどが披露される。

最後は狂言である。素人ながら、なかなかの域に達しており、近隣の村々からも見物に来るほどであった。

ここまでは表の祭だ。いわばカモフラージュである。真の祭は深夜に行われる。

参加できるのは村人のみ。それも二十歳以上の男性に限られていた。

舞いが奉納されることに変わりはないのだが、その内容が違う。

演者は二人、それぞれが鬼と武者に分かれる。鬼は大声を上げて暴れ回る。

張りぼての家や、藁《わら》で作った人形を壊していく。

狂乱するその姿は、舞いなどと呼べるものではない。単なる体力勝負だ。

その鬼を武者が退治することで、村の平穏無事を願うのだという。

鬼が本気で暴れ回る以上、武者もとことん退治する。何とも凄まじいことに木刀で打ち据えてくる。

鬼の扮装は綿を入れてあり、怪我のないようある程度の力加減はされている。

が、それで痛みがなくなるわけではない。武者役は木刀だけで満足していない。

殴り、蹴り、投げ飛ばし、その一挙手一投足に観客が沸く。沸けば沸くほど神様が喜ぶと言われているため、誰も止めようとしない。

したがって、鬼役は身体の丈夫な若者にしかできない。加えて、もうひとつ条件がある。

村は、上と下とに区別されている。上下といっても、土地の位置関係ではない。

生活水準を指す言葉だ。下の村は、上の村に死んでも逆らえない。使える水源や、耕作地も制限がある。

日常生活は元より、小中学校においても呪縛から逃れることはできなかった。

鬼役は下の村が担う決まりになっていた。

更に、下の村内でも上下がある。高橋さんは、本人曰く「下の下」だ。

先祖は流れ者であり、元々の村民ではなかったらしい。

下の下が神社の決定に逆らえるはずもなく、高橋さんは二十歳を迎えてから四年連続で鬼役を務めていた。

その前の鬼役は高橋さんの兄、智彦さんだ。智彦さんは鬼役で受けた傷が元で、苦しみ抜いた末に亡くなった。

村を出れば良いだけの話なのだが、それができない理由がある。

高橋家に父はいない。早くに死んだと聞かされていたが、実際のところを高橋さんは兄から聞かされた。

母は身体を売って生活しており、父親が複数いるために特定できないのである。

無理が祟ったか、母親は何年も寝込んだきりだが、村にいる限り、最低限必要な生活費が与えられる。

村を出て家族三人で暮らしていく計画を立てたこともあったが、肝心の母が見知らぬ土地での生活に怯え、反対したのであった。

現代にあるまじき話に思えるが、それほど遠い過去ではない。ほんの三十年ほど前である。

高橋さんが五年目の鬼役に決まった年、母が死んだ。

足枷がなくなり、高橋さんは村を出る覚悟を決めた。

だが、敢えて鬼役は引き受けたという。

祭の当夜、会場は既に満員であった。武者役は例年通り、地主の息子である。

太鼓が打ち鳴らされる中、現れた高橋さんを見て村人は黙り込んだ。

例年と異なり、高橋さんが鬼の面だけをかぶっていたからである。

高橋さんは一声吠え、武者役の木刀を奪い、思い切り振り下ろした。頭を割られ、失神した武者役を蹴り飛ばし、高橋さんは並み居る村人たちを次々に叩きのめしていった。

逆らう者もいるにはいたが、素手で木刀に立ち向かえるわけがない。高橋さんは高らかに笑いながら会場中を血の海に沈め、悠々と立ち去った。

その足で村を出たという。

高橋さんは都会で暮らしながらも、連休期間や盆暮れなどは密かに村に戻り、監視を続けていた。

最初は不安からだ。犯人が犯行現場に戻る心境である。

自分たちの家は何もされずに残っていたため、身を隠すのには最適だった。

馬鹿ばかりだなと呆れながら、のんびりと過ごしたそうだ。

まず、高橋さんの目を惹いたのは村人たちの傷である。高橋さんが木刀で殴った傷が、半年経っても治らないのだ。

その理由について、高橋さんには思い当たるところがあった。

あの祭で使った鬼の面と木刀は、何十年も使われ続けている。下の村の者だけがやらされ続け、虐げられた証しともいえる。

その都度、武者役に滅多打ちにされた恨みが蓄積されているのではないか。

あのとき、あれほど凄まじい力が出せたのも不思議だが、それも恨みの力なのかもしれない。

そう考えれば納得できる。

高橋さんは、自分の考えを実証してみようと考えた。鬼の面をかぶり、木刀を持ち、村の畑に向かう。

全ての畑に木刀を突き立て、念を込める。何をやっているんだろうと自らを嘲笑しながら始めたことだが、いつの間にか夢中になっていた。

これが効いたかどうか、証拠はない。だが、とにかく作物が育たなくなった。

例年と変わらない天候で育て方も同じなのに、米も野菜も全く育たない。

結果に自信を持ち、高橋さんは次々に手を広げていった。

将来の夢など初めからない。温かい家庭など必要ない。とにかく村を破滅させるためだけに人生の全てを費やす。

そう決めたという。

夏休みの学校に乗り込み、一つ一つの机に念を込める。

村には公共の水道がなく、豊富な湧き水を利用していたのだが、そこにも木刀を突き立てる。

村で唯一の診療所も忘れない。それぞれの家はゆっくりと時間を掛けて何度も行う。

墓地ですら例外ではない。安らかに眠るなど勿体ない。

神社は見逃した。というか、やる必要がなかった。何もしなくても、村が壊れていくにつれて勝手に寂れていったからだ。

高橋さんは、ありとあらゆる場所に呪いを注入していった。

そうやって地道な努力を積み上げていき、村を滅ぼすのに二十年かけた。


少し前まで、高橋さんは生きる目的を失い、抜け殻のように暮らしていた。

最近になって、また活き活きとしている。

何故だか理由を訊くと高橋さんは楽しげに教えてくれた。

鬼の面と木刀を携え、日本全国を巡る旅に出るそうだ。

唇と爪先

松下千穂さんの一つ違いの姉、小百合さんの話である。

小百合さんは、幼い頃から妹思いの優しい姉であった。学校の成績も良く、教師になるのが夢だったという。

おとなしく穏やかな性格で、他人を押し退けたり、悪口をいうこともない。

千穂さんにとって、大好きな姉であり、手本となるべき存在であった。

一足先に中学生になった小百合さんは、テニス部に入り、帰りが遅くなるときもあった。

そんなときは、顧問の先生の指示により、方角が同じ者同士が固まって帰ってくる。

小百合さんは、その中の一人である武内という男子部員に恋をした。

何となく、そんな雰囲気を感じ取った千穂さんに訊かれ、そっと打ち明けてくれたそうだ。

夏休みに入り、小百合さんはいよいよ武内君に惹かれていった。

おとなしい小百合さんが、精一杯の勇気を見せたのはお盆の前日である。

花火大会に誘ったのだ。小躍りする姉の様子に、千穂さんも心から嬉しくなったという。

当日の夕方、浴衣姿の小百合さんを見つめ、千穂さんは物足りなさを感じていた。

せっかくのデートだというのに、何て地味な浴衣だろう。

帯も手提げも濃紺。髪止めは緑。せめて、リップぐらい塗ればいいのに。

だが、松下家には、松下家の女にとって、それは禁じられた行為であった。

初潮を迎えるまで、代々守られてきたしきたりがある。

赤い色を身に付けてはならない。

いつ頃、誰が始めたかは不明だ。しきたりを破るとどうなるかも分かっていない。

何故なら、破られたことのないしきたりだからだ。

勿論、小百合さんも千穂さんも徹底している。服や靴、鞄などは勿論のこと、文房具や食器に至るまで赤いものは皆無である。

「それでも、今日ぐらいは真っ赤なリボンとかさぁ」

姉の気持ちを代弁するように、千穂さんは愚痴を漏らした。

小百合さんは、そんな千穂さんに真面目な顔で言った。

「何言ってるの。しきたりはしきたり。守らなきゃ。じゃあ行ってきます」

そう言い残して玄関を出た小百合さんは、すぐに振り返って千穂さんを呼び寄せた。

辺りに誰もいないのを確認してから、小百合さんは手提げ袋の中身を千穂さんに見せた。

「みんなには内緒」

袋の中には、まだ未開封の口紅とマニキュアが入っていた。

どちらも鮮やかな赤である。

「ちょっとだけならいいかなって。帰る前に落とすから大丈夫よね」

小百合さんは頰を染め、恥ずかしそうに微笑んでいる。

姉の可愛らしさに泣きそうになるのをこらえ、千穂さんは笑顔で見送った。

その夜、遠くから聞こえてくる花火の音に耳を澄ませ、千穂さんは姉の幸せを祈ったという。

小百合さんは出かけたときと同じ姿で帰ってきた。

千穂さんに目配せし、唇と両手を見せた。それから小百合さんは、珍しく鼻歌を歌いながら風呂に向かった。


翌日。

松下家は小百合さんの悲鳴に起こされた。

驚いた家族が寝室に飛び込む。小百合さんはベッドの上で身をよじって苦しんでいた。

布団が血まみれである。

近づいた父親が呻き声を上げ、小百合さんの手を持ち上げた。

ている。

両手の指先が見当たらない。酷い臭いが漂ってきた。布団の上に指先らしい肉片が落ち
ている。

腐って落ちたようだ。

枕に顔を埋めていた小百合さんが、ゆっくりと上を向いた。

唇がない。歯が剥き出しになっていた。

初潮を迎えるまで、赤い色を身に付けてはならない。

それを破った結果が目の前にあった。

三日後、小百合さんは病院を抜け出し、ビルから飛び降りて自らの命を絶った。

千穂さんは、あの夜の小百合さんの浴衣姿を今でも鮮明に思い出せるという。

あとがき

厭が群れる

話の構成に迷うと、とりあえず歩く。

何かの本で読んだのだが、でこぼこした道を歩くと足の裏が刺激され、脳の活性化に役立つらしい。なるほどとばかりに、近所の公園をうろつく。時折、裸足になる。

しかも怖いことをぶつぶつと呟きながらである。よくもまあ、通報されなかったものだ。

ただ、これは案外効果があった。構成に悩み抜いた話が、あっけなくまとまったりする。

それでも尚、迷うときもある。こうなると足裏刺激程度ではどうにもならない。

悩みに悩みながら寝てしまう。ふて腐れて諦めるわけではない。

夢に頼るのである。

ああ、つくねはとうとうそっち側に行ってしまったかと呆れる声が聞こえてきそうだが、なかなか馬鹿にはできない。

悩みながら見る夢はいつも同じ場所である。

何処とも知れない平原を行く私の横に並ぶのは、これもまた私だ。

ああでもない、こうでもない、それは違う、これも違う。

そうやって会話を続けていくうち、いきなり閃くのである。枕元に置いてあるスマートフォンにメモし、不思議なもので、そこで一旦、目が覚める。

再び眠りにつくわけだ。

私の隣で寝ている妻は、そんな私をよく目撃している。

妻曰く、そういう夢を見ているときの私は、寝言が激しいそうだ。

言葉にならないことをむにゃむにゃと呟いているというから、何とも情けないことだ。

本作を書いている最中も、私は頻繁に夢を見た。

ある夜のこと。妻が言うには、いつものように寝言が始まったらしい。

ところが、その夜はいつもと違っていた。突然、明瞭に話し出したのである。

「ああそうか。ふんふん。なるほどな、そうやれば死ねるんだ」

何を言ってるのだ、この人は。驚いた妻は私を起こそうとした。

自慢ではないが、私は眠りが深い。ちょっとやそっとでは起きない。

そうこうしているうちに寝言は進んでいく。

「いや、俺はまだ死にたくないし。……分かった。約束する」

そこで寝言は途切れたという。

未だに何の夢を見たか思いだせない。何を約束したかも分からないままだ。

このような本ばかり書いている以上、ろくな死に方はしないだろう。

いつまで続けられるか知れたものではない。

けれど、とりあえず今年は出せた。この本を手に取ってくださる方が多ければ、来年も出せるかもしれない。

そういった約束なら大歓迎である。


今回も心が温まる話は皆無であった。わざとそうしているわけではない。

私の元へ来てくれる話たちの中にないだけだ。

恐らく、これからも私は厭に集《たか》られるだろう。

望むところだ。

平成最後の年末に湖国より感謝を込めて

つくね乱蔵

本書の実話怪談記事は、恐怖箱 厭獄のために新たに取材されたものなどを中心に構成されています。快く取材に応じていただいた方々、体験談を提供していただいた方々に感謝の意を述べるとともに、本書の作成に関わられた関係者各位の無事をお祈り申し上げます。

恐怖箱 厭獄

2019年1月4日　初版第1刷発行

著者　つくね乱蔵
総合監修　加藤 一

カバー　橋元浩明（sowhat.Inc）
発行人　後藤明信
発行所　株式会社　竹書房
〒102-0072　東京都千代田区飯田橋 2-7-3
電話 03-3264-1576（代表）
電話 03-3234-6208（編集）
http://www.takeshobo.co.jp
印刷所　中央精版印刷株式会社

定価はカバーに表示しています。
落丁・乱丁本は当社までお問い合わせ下さい。

ISBN978-4-8019-1705-7 C0193